文學鬼才—狄更斯

Charles Dickens

〈II〉

查爾斯・狄更斯　著
陳語軒　編譯

驚世駭俗的離奇故事，
迷離交錯的幻覺鬼影，
歡迎來到狄更斯離奇詭祕的夜世界……

本書精選最受歡迎的10則長、短篇，
讓您感受這位文學巨匠的魅力語言！

前言

查爾斯．狄更斯（Charles Dickens）（一八一二到一八七〇），英國文學史上獨一無二的文學寵兒，他從青年時代踏入文壇，憑藉著與生俱來的天賦和令人敬佩的勤奮，創作出了一大批經典作品，如《匹克威克外傳》、《雙城記》、《孤雛淚》、《塊肉餘生錄》、《聖誕夜怪譚》等。這些文學作品不僅對英國文學產生了深遠的影響，而且對整個世界的文學發展產生了不可磨滅的奠基作用。

作為十九世紀英國批判現實主義小說家，狄更斯常常在作品中直接表達對當時社會上存在的不平等待遇與特權現象的質疑，尤其是對那些毫無價值、名存實亡的不合理制度表示極度懷疑，並真切地期待正義和革新的到來。他擅長用溫暖的筆調、幽默的寫法和細緻入微的心理刻畫描寫那些生活在英國社會最底層的小人物，從他們的遭遇中窺探當時社會的複雜現實和黑暗形勢。

然而，他的「批判」並不是犀利而嚴肅的，他擅長用妙趣橫生的語言和富於風趣的情節使作品在浪漫的幻境和真切的現實中來回穿梭，即便面對的是腐朽落後的陳規陋習，他流露出來的不是隨波逐流，不是哀怨氣餒，而是對未來充滿期待的樂觀主義精神，這時候，他的善良、正直，以及聰慧、幽默，讓他看起來就如同一位飽含關懷精神的民間詩人。

《文學鬼才—狄更斯》中的故事都是狄更斯的經典之作，在這裡，完美的邏輯推理、精緻的全面構思，以及引人入勝的緊張情節，讓人又緊張、又興奮、又恐懼、又按捺不住想要繼續讀下去。在這裡，不只有懸疑和驚悚，更有對黑暗社會的揭露和對人性的刻畫。儘管每個故事的場景設置和邏輯安排常令人不寒而慄，但是隱藏在其中的詼諧幽默的喜劇色彩，讓「狄式」驚悚懸疑小說帶給人的不僅僅是心臟驟然緊繃，更有對人性的深刻反思。在一個個看似怪異荒誕的故事背後，深藏著社會中的荒謬和冷漠，也隱含了人性中的貪婪與險惡，當然也有世界上的真摯、善良和溫情。

那麼，就請一起來感受狄更斯的詭異、傷感、啟迪心智、震撼人心、呼喚人性的離奇而精彩的故事吧！讓我們沉浸在他的幻想世界中，體會時空輾轉變換的神祕，感受靈魂或鬼怪粉墨登場的怪誕，體味人生各種離奇的遭遇，一起來感受這場驚悚而懸疑的旅程。

目錄

Charles
Dickens

01

鬼屋

「這棟房子也沒什麼特別啊，一點也不陰森恐怖。」我站在房子外面，回望來時的路，仍然能看見貨物列車吐著白煙，在山谷間緩慢行駛。

第一眼看到這棟房子的時候是在白天，天氣很好，燦爛的陽光灑在房子上，一切顯得安靜而悠閒，完全沒有那種閃電雷鳴、陰風陣陣的詭譎氣氛。當然，我也不敢說這棟房子和它周圍的環境都是平淡無奇的，因為畢竟這世界上沒有什麼事能一直平淡無奇（也許這樣的想法與我的自負有關）。但是我敢保證，任何人在晴朗的秋日早晨看到這棟房子的感受都會和我一樣，絕不會聯想到這就是傳說中的鬼屋。

我準備從北方出發前往倫敦，因為身體狀況的關係，我需要在中途稍作休息，這樣就必須去鄉下暫住。於是，我的一個朋友就推薦了一處休養的好地方給我。

隨後我就搭半夜的火車出發了。睡了一會兒後，我就靜靜地在座位上看窗外夜空中明亮的北極星，然後睏意又來了，而我又不想這麼睡著，就在這種半睡半醒的狀態下，做了第一件蠢事——和坐在我對面的男人聊天。

他看起來是一個表情困惑、戴著口罩的紳士。這個男人一晚都沒睡覺，一直在講話。他說他到過很多地方，而且每段旅程都很長。我竟和他聊這些無聊的經歷，實在是羞愧。他除了跟我聊天，就是揮動他手中的筆，一副隨時傾聽隨時記錄的樣子，他寫筆記的動作越來越大，大概是與車廂的晃動有關係吧。

還好，他跟我講話的時候表情呆滯，眼神穿過我直盯著正前方看，不然我會認為他是從事某工程行業的專家，而會選擇有所隱瞞地說出自己的想法，以免他一字不漏地記錄下來。不過，我越來越不能忍受他，乾脆就自己睡過去，再醒來時已是早上。不過，我確定這一晚我沒有完全睡著。

窗外，伯明罕市的冶鐵爐不斷冒出濃濃的白煙，並在瞬間形成一塊厚實的簾幕，將我的視線和天邊的殘星、黎明阻隔開來。頓時，一種壓抑的感覺油然而生。

我終於忍不住跟那位紳士說：「先生，我有什麼奇怪的地方嗎？」因為從昨晚到現在，他一直盯著我的旅行帽和頭髮看，這種行為在一個陌生的旅伴看來，顯然是失禮的。

戴著口罩的紳士可能意識到了他的無禮，但又覺得自己不能這樣理虧，就帶著憐憫一樣的高傲表情說：「你身上，先生？——B。」

「你是說B嗎，先生？」我重複著他的話，全身都莫名地熱起來。

「我不會對你怎麼樣，先生，請讓我好好傾聽——O。」紳士很平靜地說，末尾還不忘發出這樣一個沉重的尾音，然後繼續寫他的東西。

我開始有點擔心了，在列車上遇見瘋子的經歷我還沒有過，怎樣在他發作前聯繫到列車長是件迫在眉睫的事情。轉眼間，我又安慰自己說可能這位紳士是所謂的「吟遊詩人」。這是一個我能想到的完全符合這位紳士情況的職業，也願對他從事這種職業致以最崇敬的問候，但這確實是絕不可能的職業。

當我正打算問他是否果真從事如我想像的職業時，他卻搶先一步開口。

「或許我的神經比一般人敏感許多，以至於我的激動行為無意中冒犯了您，還請見諒。我整個晚上都在和靈界打交道，這和我眼下正在經歷的人生一樣真實。」他說話末了的口氣似乎是在洩漏一件大祕密。

「哦！」我有點不耐煩且懷疑地附和。

「晚上有靈界的會議，」紳士翻了翻手上的筆記本，「會議是從『不良的溝通會招致惡劣的對待』開始的。」

「主題聽起來很合理，不過，這是全新的理論嗎？」我又附和地說，肯定是旅途太無聊了吧。

「這是靈界的新訊息。」紳士一本正經地回答。

我只能用聽起來更不耐煩的「哦」來接話，然後因為旅途的無聊而繼續問他我是否有幸一聞最新的訊息。

「一鳥在手，勝過兩鳥『在拿』。」紳士看著他的筆記說。

「是的，我同意，不過，『在拿』好像應該是『在林』吧。」我肯定地說。

「我記錄的資訊的確是『在拿』。」紳士又看看筆記本答道。

這位紳士還特別告訴我，這是蘇格拉底的靈魂在今晚的會議中提到的特別訊息。他還跟空氣中的什麼打招呼，似乎他真能看見靈界的什麼人似的。「世界上有一七四七九個靈魂，但是你看不到他們。古希臘哲學家畢達哥拉斯也在這裡，他沒辦法直接和你講話，不過我知道他希望你喜歡旅行。伽利略當然也在，他說：『很高興看到你，我的朋友，你好嗎？溫度夠冷的時候，水會結冰的。再見！』還有其他傑出人物：巴特勒主教（英國聖公會主教），他脾氣古怪，堅持要把自己的名字念作「巴伯勒」；約翰．彌爾頓則否認《失樂園》是他寫的，似有故作神祕之嫌；還有亞瑟王子，他是約翰王的侄子（莎士比亞《約翰王》的角色），說自己在第七個圓圈裡待得很舒服，在群默太太和蘇格蘭的瑪麗女王指導下，他正在學習如何在絲絨布上作畫。」

我試圖告訴他，當我看見旭日東昇，便只會想到宇宙中的自然規律，對於他如此感興趣的鬼話我實在覺得不耐煩，但是一想到下一站我就會下車，也就選擇沉默不語了。儘管窗外是烏雲和煙霧，但自由的空氣還是令我欣喜。

下車時已經是個美麗的早晨，陽光穿透雲層照在大地上，我走在滿是金黃色和赤褐色落葉的林道間，環顧四周，一邊呼吸著自由的空氣，一邊感歎造物者的神奇——陽光居然能瞬間改變人的心情和城市的陰霾。那位紳士記錄的靈界會議在此刻的我看來，不過是一篇因為旅行的無聊而記錄的想像日誌而已。

想著此前的那段旅行經歷，我不禁覺得自己簡直是個異教徒。現在的我開始近距離仔細觀察這棟房子。

傳說這棟房子建造於喬治二世時期，和喬治王朝的崇拜者一樣，它的外觀顯得生硬、冰冷、拘謹且品位低俗，它孤零零地坐落在佔地整整兩公頃的花園裡。房子在近一兩年才偶爾有人去住，所以只進行了簡單的整修，油漆和泥灰的顏色鮮明卻破舊。一塊垂懸的木板斜倚在花園圍牆上，似乎在陳說著這個房子的心聲——傢俱裝潢俱全，出售出租價格面議。

看起來這整修也只是做了表面功夫，而且花園也一直被不幸荒棄。這棟房子周圍有茂密的樹林，樹蔭濃密幾乎能籠罩住整棟房子，看起來似乎有點詭異，而房子正門六株高大的白楊樹成排地站在窗前，更加深了房子的陰鬱氣氛。

在房子裡能看見的只有半英里外教堂的尖頂，剩下的就全是陰鬱茂密的樹蔭，村人也很少踏入這房屋，時間久了，這棟房子是鬼屋的猜測就被傳為眾所周知的事實了。

對我而言，清晨是一天當中最嚴肅的一段時間，所以我一向起得很早，尤其在夏天。起床後，吃早餐前，先整理好房間，準備迎接一天的工作，原本應該朝氣蓬勃，但我總覺得寂靜和孤獨。與最親愛的人生活在一起，原本是享受天倫之樂的心情，可我卻在沉睡的熟悉面孔中感到了可怕，此刻的他們沒有知覺，完全意識不到我的存在，更不知道我接下來會做什麼，如同那些靜止的活力、斷斷續續的記憶、沒有人座的空蕩椅子、合上了的書本、半途而廢的工作……。

這一刻那麼寧靜，飽經滄桑的成熟和蒼老的臉映出來的平靜，像是死亡慢慢吞噬正將寧靜老去的青年。

有一天清晨，我竟看見了父親的靈魂，他如生前般健康，沒有任何異樣，日光下，他背對我坐在我床鋪旁的椅子上，用手支著頭，我分不清楚他是睡了還是在哭。我先是一驚，然後連忙坐了起來，挪到床側，斜伸出頭看他。父親沒有任何反應，我試著對他說了好幾次話後他還是不動。我有點不知所措，不自覺地伸出手想碰觸他的肩膀，而正如我所想：父親只是個幻影，我的父親已經不在了。

總之，我發現清晨是我最容易見到鬼的時刻。那段時間，每間房子在我看來都或多或少地鬧鬼，因而當我住在所謂「真正的鬼屋」的時候，也就沒什麼特別的感覺了。

可是過多涉及有關鬼的事情也確實讓人感覺不舒服，所以，在最開始我是想先暫時拋開這棟房子，找一個普通的房子搬出去的。

正巧看見一間小旅店的老闆在門口磨階梯，我請他送上早餐，並順口提到那棟房子。

「那棟房子真鬧鬼嗎？」我問。

老闆看著我，搖了搖頭，「我可沒說。」

「所以是真的會有鬼嘍？」

「不知道！」老闆大叫一聲，突然露出一種絕望的表情，對我說，「要是我，我才不會睡在裡面。」

「為什麼不？」我好奇地問。

「沒人去敲鐘，但鐘會像約好一樣一起響；沒人去開門，但是門會自己開；腳步聲會在看不到人影的情況下隨時出現……這樣的房子住進去我會變神經病的。」

「有人在屋裡見過『東西』嗎？」

老闆又看著我，不講話，卻用剛剛那種絕望的表情對著他的馬廄大喊：

「艾奇！」

一個留著黃棕色短髮、臉色紅潤、肩膀高聳的年輕男人應聲而來，他的闊嘴和朝天鼻讓他看起來很滑稽，縫著珍珠母鈕扣、寬大的紫色條紋有袖背心把他全身都裹住了，乍一看還挺好看的，像是從他身上長出來似的，很自然。

「這位紳士想知道，有沒有人真的在鬼屋看到過什麼東西。」老闆說。

「一個圍著頭巾、帶著錨頭椅的女人。」艾奇肯定地說。

「你是說船上用的錨嗎？」

「我說的是鳥，先生。」

「哦，原來是一個圍著頭巾、帶著貓頭鷹的女人！這是你親眼看到過的嗎？」

「我見過貓頭鷹。」

「那女人呢，見過麼？」

「看得沒有貓頭鷹那麼清楚，不過他們都是一起出現的。」

「還有人清楚見過那女人嗎？」

「上帝保佑您，先生，很多人見過！」

「誰啊？」

「上帝保佑您，先生，很多人見過！」

「是誰，是雜貨店老闆嗎？」

「你說柏金斯？上帝保佑您，柏金斯才不會靠近那個地方，絕對不會！」年輕人突然變得激動起來，「他雖然不聰明，但是也沒那麼笨，不然能叫柏金斯麼？」

「那個圍著頭巾、帶著貓頭鷹的女人，她是人還是鬼？到底是誰？你知道嗎？」

「這個嘛！」艾奇一隻手抓起帽子，另一隻手抓抓自己的頭，「他們最常說的就是她被謀殺了，那只貓頭鷹在這過程中一直發出慘烈的叫聲呢。不過，也有個年輕人，熱切且充滿活力，他說那個戴頭巾的女人在看見貓頭鷹之後生了一場病，好不容易才康復。對了，還有裘比，火車上常見他，獨眼流浪漢。每當有人懷疑他是綠林大盜時，他一定會說：『就算我是，那又怎樣？管好你自己的事吧。』他說他見過那個女人五、六次。」

我聽完之後覺得他們的話根本不能給我帶來實質性幫助，因為第一個人在加利福尼亞，另一位，就像艾奇說的，到處都是那樣的人。那些在房子背後隱藏的令人畏懼而不可談的祕密，跟真相到底有多麼大的障礙，跨越這個障礙是多麼艱難的任務，這些都是未知數。

在調查清楚之前，我不會厚著臉皮假裝知道這一切是怎麼回事，再告訴別人是怎麼回事；我也不能像火車上的那位旅伴那樣，就這麼把甩門聲、敲鐘聲、木板的咯吱聲等這類芝麻小事拿來和神的壯麗旨意相提並論，把靈界會議掛在嘴邊當做消遣；再說，我可是曾經住過兩間國外鬼屋的人呢——古老的義大利宮殿，曾經兩度被前後任屋主棄置，原因就是鬧鬼很凶，但我在那兒住了八個月之久，大部分時間都過得平靜愉快。傳說裡面有鬼的許多神祕的房間，從沒人住過，但其中有一間，我隨時都會到裡面看書，還有一間就是我的臥房隔壁。

我小心翼翼地暗示旅店老闆，其實惡名在外的房子往往是不得已才被冠上壞名聲，隨便給人扣帽子是很容易的，比如要是他和我在村子裡散播說有個怪模怪樣的老焊工，在喝得酩酊大醉後把靈魂賣給了惡魔等這些謠言，難道不會有人懷疑賣酒老闆的背後動機不單純嗎？但是，無論我怎樣解釋，旅店老闆都還是不能理解，這應該算是我人生的一次徹底失敗。

現在，回到故事的主題：這棟鬼屋確實激起了我的好奇心，讓我幾乎決心要買下它。

在旅店吃過早餐後，我從柏金斯的妹婿那裡拿到鑰匙，直接去那棟房子，同行的還有旅店老闆和艾奇。不過，柏金斯的妹婿真是個標準的妻管嚴，雖然他是做皮鞭和馬具的師傅，郵局也是他開的。

那棟房子果然籠罩在一股超自然的陰鬱中，隨著日影緩緩變化，樹蔭的形狀也在發生變化，越來越像一道巨大的波浪在吞沒整棟房子，讓這房子一下子陰沉到了極點，加上它蓋的地方不太對，又沒人進行合理的規劃，這些更增添了它奇怪詭異的味道。

由於終年被大樹遮蔽陽光，房子四處可見腐爛的痕跡，還有股潮濕的味道，像極了老鼠窩的臭味。房子裡面每間屋子的彼此距離相距都太遠，廚房和客廳竟分開在樓上和樓下，走廊也比一般的寬闊，連接著各個曾經可能生機勃勃、現在殘破不堪的房間。

房子後面樓梯底層附近，有一口老水井，上面佈滿了青苔，還有發黴的味道。水井像個致命的陷阱躲在兩排銅鐘的底下，其中有一個鐘上還刻有名字，褪色的黑底白字分明寫著「B少爺」。鐘按照懸掛的位置刻了房間名稱，分別起到指示方位的作用，比如「畫室」、「雙人房」、「寄存處」等，這一切都顯得破敗而陰森。他們跟我說其中刻著「B少爺」的鐘敲得最響。

「B少爺是誰？他跟那貓頭鷹有關係嗎，在貓頭鷹嗥叫時，有人知道他在做什麼嗎？」

「敲一下鐘看看。」艾奇說著，就敏捷地將皮帽丟向鐘，鐘的聲音洪亮卻不悅耳，我被這突然出現的聲音嚇了一跳。

循著B少爺的鐘，能找到他的房間，他的房間是閣樓底下的三角形小房間，房間的壁紙已經脫落，上面還黏著乾碎的泥灰塊，好像是B少爺故意把牆紙撕下來堆在門口的。我猜想B少爺的身形一定屬於矮小型的，要不怎麼能窩在房間角落的壁爐邊取暖呢？壁爐的煙囪是外露的，像個金字塔形樓梯，高度足以讓小矮人在此頂天立地。這位年輕紳士為什麼要讓自己住在這樣差勁的三等房裡，旅店老闆和艾奇也說不上來。

除了樓上，另外還有個大到看不見盡頭的閣樓。閣樓裡擺設了幾件合宜卻老舊的高級傢俱，還有幾件像是最近五十年才添置進去的，顯得稍微空曠了點。

房子主人聽說我要去那住而很熱情地招待著，我已經有點不好意思了。在我參觀完房子之後，我便答應要住這詭異的房子，而且一開口就是六個月。

我和未嫁的妹妹，一個三十有八卻依然美貌、聰明的迷人女性，一起搬進去的時候才不過十月中旬，我們帶了一位失聰的馬夫、我的獵犬塗克、兩位女僕和一位來自聖勞倫斯聯合女子孤兒院被人稱作「怪女孩」的年輕人。

搬進去的那年，冬天似乎來得很早，剛搬進去的時候外面的樹葉都掉得差不多了，而且那天天氣濕冷，天氣和屋子的陰沉氣氛讓人心情鬱悶。廚娘是個腦子不太靈光的親切婦人，她一看見廚房就掉下淚來，哭著說如果她因為濕氣太重而發生不測，要我們務必把她的銀色懷錶送到她妹妹手裡。

女傭史崔平時最會向別人訴苦來博取他人的同情，這會兒卻顯得很興奮。從沒住過大宅的「怪女孩」也很開心，她說要在餐具洗滌室窗外的花園裡種一棵橡樹。

這屋子盡是些破損、壞掉的東西，上一批住在這兒的人肯定過著豬一般的生活，他們算是哪門子的屋主，連桿麵棍、烤板都沒有。然而，真正的苦難是天還沒黑，我們就開始經歷超自然的體驗了。

「怪女孩」一直都興高采烈地帶頭示範做事，在她看見了好幾次幾隻眼睛後，她變得小心謹慎起來，臉上也沒有了開心的模樣。在住進來之前，我和妹妹已經約好不將鬧鬼的事情洩漏出來，那個曾經看見鬼的艾奇來幫忙卸行李時，我也沒讓他和這些女孩們單獨相處，所以她們並不知道有鬼的事情。「怪女孩」一直在歇斯底里，到了十點鐘的時候，她因為不安而喝的醋已經足以醃漬一條大鮭魚了。

到了十點半左右，B少爺的鐘開始放聲大響，把鐘弄響的究竟是老鼠、蝙蝠還是風聲，我也不知道，只是我發現這個鐘每隔兩天就會連續響兩個晚上，狗兒途克也跟著嗥叫，整棟房子都迴蕩著哀泣的悲鳴。「怪女孩」已經強制性昏厥，她像不理性的蓋．福克斯（一六〇五年計畫暗殺英王詹姆士的士兵，後因事情敗露被捕）一樣，在最不恰當的場合突然全身僵硬。這讓我從心底想把B少爺的脖子扭斷，直接說，就是打破鐘，讓它永遠沉默。

面對著驚訝的僕人們，我只能說我已經重新粉刷過B少爺的房間、撕掉了壁紙、拿走了銅鐘，這種情況再也不會發生了，鐘就算響也不會在這房間裡響了，並且生氣地反問他們，那個曾在這死掉的男孩，以他目前的鬼魂狀態，會有可能使出讓掃帚飛天的嚇人伎倆嗎？他們沉默不語，我只能再加強語氣，讓自己更有說服力。

我並沒有藉機顯示自己的威嚴，只是想告訴他們一切沒那麼邪惡，但顯然這番話對「怪女孩」的突發性全身僵直症狀毫無作用，她還是直挺挺地站在那兒，像塊化石般怒視著我們。

女傭史崔也有令人為難的表現，我不知道是因為她的淋巴質分泌旺盛，還是別的什麼原因，她的眼淚跟蒸餾廠生產一樣，三兩下就能哭出最多最清澈的眼淚，而且她的眼淚不會落下去，只是停在鼻子和臉上。當然，她會擺出可憐的姿態，輕輕地搖頭，沉默不語，其困惑人的程度完全超出為了慈善募捐而滔滔雄辯的「可敬柯萊敦」（本名詹姆士．克萊頓，文武全才）一萬倍。此刻，她正沉默地哭訴。

廚娘娓娓道出自己的故事，並一再卑微地重複關於她那只銀色懷錶的遺願，同時堅稱是烏斯河讓她心神耗弱。同樣，廚娘也讓我陷入了混亂。

猜疑和恐懼的情緒充斥著每一個人的夜晚時光。天底下到底有沒有那個圍著頭巾的女人呢？至於那些奇怪的聲音，如果我願意，就能試著躺在床上，醒著度過死寂的夜晚或者窩在舒服的爐火旁邊與聲音共度一晚，或者乾脆讓每一根神經都發出相應和的聲音。

我再重複確定一次：此刻猜疑和恐懼情緒的確感染了每一個人。我告訴她們天底下根本不存在這些懷疑和恐懼，但房子裡的女人還是做著隨時要昏倒的準備，不斷地聞著鹽，似乎只要一停下來就會死掉，她們的鼻子因為不斷嗅鹽而蛻皮。

兩名年紀稍長的女傭總是差遣「怪女孩」去查看情況的危險程度有沒有加倍，而「怪女孩」在每次冒險後也總會帶著發作的僵直症回來，她們做好了隨時逃跑的準備，只要「怪女孩」的反應更嚴重，她們就會離開這裡。

她們的奇怪行為不單單是長期嗅鹽，還有如果廚娘或史崔在天黑之後上樓，天花板馬上會傳來陣陣沉重的跺腳聲，這種聲音的頻率越來越頻繁，像有個拳擊手跑遍整間房子，對他看見的每個傭人施展「一拳擊倒」的絕技。

但不管做什麼都只是白費力氣而已，即使害怕也沒用，因為就算這一刻親眼看見了真的貓頭鷹，下一刻也不知道貓頭鷹會飛到哪兒。更何況這樣的緊張，只會讓人們更緊張，要是有誰不小心壓到鋼琴鍵，發出某個刺耳的音階，塗克就會跟著用怪異的音調叫個不停；要是有誰不小心碰到不幸的鐘而讓它響起來，就算讓鐵面無私的拉達曼斯審判那些鐘，它們的聲音也還是不會消失，就是拆了也沒用；如果看不慣黑暗，把火炬丟下水井，或者在煙囪底下生火，讓火光猛烈照進有問題的房間和隱蔽處，同樣發現一點用都沒有，火滅了，還是一樣黑暗恐怖。找出真相似乎永遠是徒勞無功。

最後我們決定換一些僕人，但是情況一如從前，於是我們又一而再，再而三地更換僕人。一開始與我們相處愉快的傭人們，到後來都會選擇離開，整個家看起來支離破碎且淒涼無比。

有天晚上，我終於忍不住了，垂頭喪氣地對妹妹說：「佩蒂，我已經失去信心與傭人一起住了，我想我們得放棄了。」

妹妹是個豪氣干雲的女子，她回答：「不，約翰，不要這麼容易就放棄。千萬別被打敗了，總是有其他辦法的。」

「有什麼辦法？」我說。

「約翰，無論做什麼如果不想半途而廢就要靠自己。這房子也是，如果我們還想住在這，就必須靠自己的力量，用我們的手讓房子接納我們。」妹妹說。

「但是，總要有僕人啊！」我回答。

「我們自己的家，我們不要僕人。」妹妹直截了當地說。

我覺得不可思議，我從來沒有想過我的生活中會缺少忠心耿耿的僕人。

「他們來到這裡就會受到驚嚇，之後彼此影響，永遠生活在恐懼中，而不得不選擇離開。」妹妹說。

「巴透斯例外。他儘管是失聰壞脾氣的馬夫，卻還是留到了現在。」我用一種近乎冥思的語調說。

「的確，約翰，巴透斯是例外。但那又能證明什麼呢？巴透斯失聰了，他不跟任何人說話，也聽不到任何人對他說話，除非，巴透斯根本不曾被嚇過或嚇過別人，他根本不知道發生了什麼。」

巴透斯根本就是活在自己的世界裡，他每天晚上十點鐘就睡在他馬車房裡的床上，身邊只有一把乾草叉和一桶水。如果我在十點後出現在他那裡，而事先沒打招呼的話，那桶水就會倒在我腦袋上，之後會有把叉子刺透我的身體。

他的自我保護意識超強，誰也不相信，任憑史崔陷入出神的狂喜，還有「怪女孩」又變成「大理石」，他都是獨自坐在那兒吃他的晚餐，頂多再塞顆馬鈴薯到嘴裡，完全不理會別人的生活，這是他過日子的習慣。眾人發生的不幸，在他看來或許就是再吞一個牛肉餡餅時的配菜。

「所以，我並沒有想過趕走巴透斯，或者他自己會走啊！還有，約翰，正如你所想的，光憑你、我和巴透斯，怎麼照顧這麼大一棟房子，而且也可能太寂寞了啊。所以，我提議找幾個我們信得過或者他們也有意願跟我們一起住的朋友來陪伴我們。從本地認識的人找起，或者也可以先同住三個月看看情況。

大家開心熱鬧地住在一起，再看看會不會有新情況。」妹妹的提議令我欣喜，我不禁當場抱住她，並表示願意以最大的熱忱執行這計畫。

等到離十一月底還有一週的時間時，在我們的強力召集和令人信賴的朋友的支持下，一夥人便興高采烈地住進鬼屋，這期間不過幾天而已。不過我要先說說在我和妹妹兩人獨住時，我倆作的兩個小改變。

首先是塗克，只要到晚上它就會叫，我們想可能它願意在外面住，就在外面給它設了狗籠，卻不圈住它，讓它可以自由活動。我也警告過村民，塗克會撕裂隨便玩弄它的人的脖子。

其次，在不經意的時候，我問艾奇對槍有沒有研究，他回答得特別乾脆，說好槍他一看就知道，我立刻就讓他來房子看我的那把槍。艾奇端詳了我多年前在紐約買的那管來福槍，確定是把好槍。我在欣喜之餘囑咐他不要隨便對人提起到我房子來看見的一些東西。

當時他就反問：「不會吧，先生，是那位圍著頭巾的女士嗎，先生？」

「不是的，但別害怕，是一個很像你的人影。」我回答。

「天啊！先生！你是在開玩笑，對吧？」他顯得有點驚訝。

「艾奇！」我親切地握住他的手，用充滿熱情而肯定的語氣對他說，「如果這些鬼故事是真實發生過的，我能為你做的，就是對那個人影開槍。我以天地之名發誓，如果我再看見那個人影，就會用這把槍打死他！」

艾奇向我致謝，然後又委婉地拒絕了我請他喝一杯酒，神色略顯倉促地離開了。其實我一直都記得他向銅鐘丟帽子的事，而且有一天晚上這鐘又響時，我也看見一個很像皮帽的東西在鐘的旁邊。再加上艾奇越在這裡慰問僕人，夜晚房子鬧鬼鬧得越凶。這一切都讓我覺得艾奇是個奇怪的人，他會不會也相信這個房子鬧鬼，之後一逮到機會就在房子裡裝神弄鬼？就像是「怪女孩」，她在這棟房子的每個角落的害怕心理驅使著她故意說謊，編造很多恐慌散播出去，還故意製造怪聲嚇唬別人。

我不是對艾奇不公平，我是故意告訴他，其實這些事情我都知道，對於在醫學、法律上相當有經驗或警覺心特別強的聰明人而言，這種心態他們更瞭解。其實，每個人都會有這樣的心態。

我的那些朋友們集合到一起住下之後的第一件事，就是抽籤分配房間。確定好房間之後，我們把房間徹底檢查了一遍，也指派了特定的人去負責家事任務。我們好像是一群吉普賽人，在一起搭艇出遊、一起去打獵，或是遇到船難的一群人似的。我重新給他們講述了與圍巾女士、貓頭鷹、B少爺有關的傳言，讓它們變得模糊起來，像那些有個女鬼抓著圓桌的鬼上樓又下樓，還有一隻從來沒被人抓到的無形鬼這類荒謬的鬼故事一樣。

之後，我們說要聚集所有的人一起見證，證明有關這個屋子的故事都是捏造的。我們在強烈的責任感驅使下，承諾要對彼此坦誠，直到將真相查出來為止。我們也達成了一項共識，任何人在夜裡聽到不尋常的聲響，一定要敲我的門找我，之後一起去查看；還有，截止到聖誕假期的最後一天晚上，我們每個人都要把自己的遭遇與大家分享，並且大家都要保持緘默到最後一天，除非有什麼不尋常的刺激才可以打破。

我們的人數和角色如下：首先是我和妹妹，她抽到她自己的房間，我則抽到了B少爺的房間。

接下來是我們的大表弟約翰．赫歐爾，我個人認為他操作望遠鏡的功力比天文學家更強，因為他懂得何時屏住呼吸。他帶來的還有去年春天剛和他結婚的美麗妻子。就目前的情況來看，我認為帶妻子來這裡未免太過輕率了，就算這些恐慌是假的，也有可能造成嚴重的後果。如果她是我的妻子，我是絕對不會不顧那美麗動人的臉龐的，不過他應該最清楚自己的能耐才決定帶妻子前來。他們倆抽到的房間是寄存處。

這群人裡最討人喜歡的二十八歲的艾爾菲．史達林，他抽到的房間是雙人房——裡面有間更衣室，還有兩扇又大又笨重的窗戶，這對窗子無論在什麼天氣，即使沒有風也會搖晃不停。

艾爾菲是個故作「放蕩」的年輕人，在我看來，就是散漫，但是他的為人真的不錯，如果不是他父親給了他每年兩百英鎊的生活費，他就不會在這裡住上六個月了，他應該會去發奮努力，這一點他自己也承認。我暗想如果支付他生活費的銀行倒閉或者他栽進號稱每分錢可獲利二十倍的投機生意，或許他會開始努力，因為只有當他變得一文不名的時候，他才有可能創建自己的財富。

貝琳妲．貝茲，妹妹的閨中密友，絕頂聰明，是個寫詩的天才，為人熱情開朗，對工作有十足的熱忱，她「一頭栽進」與女性的任務、女性的權利、女性的冤屈以及一切以女字開頭、與女性有關的事物，或者所有似是而非、模棱兩可的與女性有關的大小事中，不能自拔。

她抽到的房間是畫室。第一天晚上，在畫室門口跟她道別的時候，我說：「親愛的，你是最令人欽佩的一個，願上帝助你成功！但是別做得太多了。女性所做的似乎總比我們的文明生活所需要的更多。還有，別責罵那些看起來糟糕的男士了，他們似乎生來就是要壓迫女性，或許會做乍看妨礙你的事情，但請相信我，貝琳妲，他們還是會把薪水用在女人身上，他的妻子、女兒、姐妹、母親、姑姑和阿姨，以及他們的祖母。還有，真的，劇本裡寫的也並非全都是『大野狼與小紅帽』的故事，還有別的情節呢。」聽起來，我還是越扯越遠了。

我的老朋友傑克．高佛納住在別間房，他是個寬肩、魁梧、快活、體格健美的人，擁有最真誠的笑容、一雙黑到發亮的眼睛和濃密的黑眉毛。我一直都認為他是歷史上最英俊的水手，雖然他現在頭髮有點白了，但還是那麼帥，和二十五年前一樣，似乎現在頭髮的銀白色光澤更顯得他迷人了呢。

曾經，我曾遇到和他同船一起去過地中海、大西洋另一端的老水手，老水手們在我嘴裡聽見他的名字，每個人的眼睛都為之一亮，眉開眼笑地叫喊著：「你認識傑克．高佛納？那你可認識了人中之龍吶！」這就是傑克！我的老朋友，那個海軍軍官。傑克曾經愛上了我妹妹，但是，最後他還是娶了別人，之後妻子過世，他又回來了。

他來到我們的屋子時，偶爾也會提起十幾年前妻子過世的事情，但提到最多的就是他的鹹牛肉，以前他只要到倫敦，每次出發前一定會包塊鹹牛肉放在行李箱裡，有時候也會多帶一塊給他的老同胞——目前是商船船長的奈特．畢佛。

這次，他帶來了他親手醃製的鹹牛肉。他抽好房間之後，只說了一句話：「把我的吊床掛起來。」

那位畢佛先生抽中了餐具間，他總是板著一張圓臉，僵硬得要命，他的矮胖身體也同樣僵硬，全身上下看起來像磚頭一樣硬，但他擁有豐富的實用知識和親身航行至世界各大海域的經歷。偶爾他會表現出莫名的緊張，顯然是某種宿疾的後遺症，不過症狀通常持續不久。

他的隔壁是我的律師朋友，昂崔先生，他的牌技和他對大英律法的瞭解相比顯然更勝一籌。這次他的到來就像是他說的那樣，「想親自體驗鬼屋」。

他們的到來，讓我欣喜若狂，我覺得我這輩子從來沒這麼高興過，我相信所有人也有同樣的感受。

傑克．高佛納是我們的新主廚，一個永遠有絕佳食材的人，他做的菜是我這一生吃過最好吃的，包括那叫人敬而遠之的咖喱，在他手裡像是轉換了味道；我妹妹是糕餅和麵包師傅；艾爾菲和我則是廚師助手，一下忙這、一下忙那的；畢佛先生會在廚房遇到特殊狀況時被主廚「徵召」。

我們在一起的時候經常在戶外活動，彼此之間相處得很愉快，沒有誰發脾氣或者有誤會，每晚我們都不想回房間睡覺，這可能是我們得以維持這麼久居住關係的好理由。

不過，我們也沒忽略屋內的風吹草動，開始的幾個晚上也會出現狀況，就像是第一天，傑克來我房間找我，說晚上有暴風雨，應把貨車頂的風向儀摘下來，我反對他這麼做，可他說風向儀會發出一種聽起來絕望的哭泣聲，要不把它拆下來，不久就會有人「歡呼迎接鬼魂」了。

於是，傑克拿著一隻外形華麗的船上燈籠，我和畢佛先生一起隨他上了屋頂。但中途我受不了上頭的強風，就沒跟著上去。而畢佛先生跟在傑克後面，兩人緩緩地爬到比煙囪還高二十幾英尺的圓形屋頂上。那時候，周圍沒有任何異狀，他們冷靜地站在那兒拆風向儀，在狂風大作和登高幹活之下，這兩人的興致竟跟著高昂起來，讓我一度以為他們正在那興奮地幹活，不會再下來了。

之後一天晚上，他們又上去了，是上去拆煙囪帽。有一天晚上，他們鋸下一節像是在啜泣、發出咕嚕聲的水管。還有另一個晚上，他們發現了別的怪聲音，協商好後就很冷靜地同時從各自的房間窗戶將床單丟出去，再順著床單爬下去，號稱要把那個神祕的東西從花園裡翻出來。

我們都遵守著我們之間的約定，沒有人發現什麼異狀，但更重要的是，一定要有人找出真相，即使是有人在故意鬧鬼，我們也要把他逮出來。

我抽到了B少爺的房間並住進去後，就開始揣測B少爺。這個B有可能是他的教名——從他出生在閏年這點來看，可能是班傑明．畢賽斯泰爾、巴薩羅繆或是比爾；或許這個縮寫的B是他的姓氏縮寫，像是巴克斯特、佈雷克、布朗、巴克、巴金斯、貝克或博多等；也說不定他是個棄嬰，所以被取名為B；又或者他是個勇敢的孩子；但B也可能是「英國人」或「公牛」的縮寫；他有沒有可能是照亮我童年生活的那位了不起女士的親戚或朋友，因而擁有「邦奇大媽」（十六世紀倫敦一家著名啤酒店的老闆娘）的優良血統，才取名為B呢？

我也試圖把這神祕的字母與死者的外貌和職業一起聯想：猜想他是否穿著「藍色」衣服、穿著「靴子」；他應該不可能是「禿頭」吧；他可能是個「腦袋」靈光的孩子、喜歡看「書」、擅長打「保齡球」、有「拳擊手」的技術，還是在他「活潑的」「少年時代」，曾經在「柏格諾」、「班格爾」、「博恩茅斯」、「布萊頓」或「布羅德斯泰斯」的海水浴場用過「更衣車」「沐浴」，或是他像顆「彈躍」的「撞球」？

這麼說來，從一開始我就被他名字裡的這個B字母纏住了，從而進行了這些無益的推測。

我從沒夢見過這位B少爺，或任何和他有關的事物。但是最近，只要我一醒過來，腦中就會瞬間浮現B少爺這三個字，然後開始漫無邊際地聯想，思緒根本停不下來。整整六個晚上，我在B少爺的房間裡持續受著這種折磨，然後我開始察覺事情漸漸變得不對勁了。

他出現了，第一次出現在我面前的時候是曙光乍現的大清早。當時我正在鏡子前刮鬍子，突然我發現我在刮的不是我的臉，因為我已經五十五歲了，而鏡子裡的臉顯然是張男孩的臉。我既驚恐又錯愕，因為那是B少爺的臉。

我顫抖地轉過身看，什麼也沒有，我再轉回來的時候鏡子裡男孩的臉還是那麼清晰，他是在刮鬍子，但是想把鬍子從臉皮裡刮出來。

我內心驚恐萬分，立刻焦躁害怕起來。

我知道我現在應該平靜下來，於是我先在房裡繞了好幾圈，然後閉上眼睛又回到鏡子前，鐵了心要穩住抖個不停的手，刮完鬍子。

當我睜開眼睛，再從鏡子裡看自己的時候，竟有一雙眼睛與我四目相對，那是雙年約二十四、五歲的年輕人的眼睛，和剛剛那雙不同。這個新鬼魂把我嚇了一大跳，我再次閉上眼睛使勁深呼吸，試圖安靜下來，可這回花了更大力氣才重新讓自己鎮定下來。當我再度睜開眼睛時，我竟看見過世已久的父親正在鏡子裡刮鬍子。之後，我甚至還看見了我的祖父，我這輩子從沒見過他呢。

可想而知，我是怎樣被這景象嚇得半死的，為什麼我會看見那些人呢，一堆莫名其妙的念頭使我整天焦慮不安，但我還是決定守住這個祕密，讓那些疑問都在我自己的肚子裡，直到時機許可再對所有人公佈。

我已經做好準備隨時會有新的奇怪現象出現，晚上進房時總會忐忑不安，但一切都很正常。當我輾轉難眠醒來時，看一眼表是淩晨兩點多，卻發現自己竟然和B少爺的骨骸睡在同一張床上。我本能地整個人嚇得彈起來，那骨骸竟也彈起來。

這時，我耳邊傳來一個悲傷的聲音，「我在哪裡？我怎麼了？」我睜大眼睛循著聲音的方向看過去，發現B少爺的鬼魂就在那裡，他被一塊黑白相間的次級布料包裹住，上面還縫著發亮的鈕扣，那應該就是他的衣服吧。衣服的左右兩邊各縫了兩排這種鈕扣，鈕扣一直延伸到他年輕強壯的背後，脖子上有一條抓皺的裝飾品，顯然是一副老式的裝扮，與他的年齡極不相符。

他的右手放在腹部，我還能清楚地看見他右手上的墨水污漬。這個動作加上臉上幾顆若隱若現的雀斑，和他一副噁心欲嘔的模樣，我推斷這個鬼魂生前習慣性地過量服用藥物。

「我在哪裡？為什麼我要出生在有甘汞的時代？為什麼你們要讓我吃那麼多甘汞？」他用微弱的聲音問。

真是一個還未懂事的孩子，我感歎他的命運，之後用最真心誠意的口吻告訴他，我真的不知道答案。

「我妹妹在哪裡？還有我那個天使般溫柔善良的小妻子呢？還有和我一起上學的男孩又在哪兒呢？」小鬼魂悲傷地說，看起來似乎要哭了。

他不停地問，顯得有點激動。我先是懇求鬼魂聽勸，要他先冷靜下來。我說我特別能理解他失去了同伴的心情，但根據我身為人類的經驗，可能最後真相大白時，或許你會發現根本不存在這樣一位男孩。

我還繪聲繪影地講自己的經歷，前陣子也曾試著從幾個昔時同伴身上找出跟我一起上學的那位，但他們都不是。後來我就開始懷疑或許根本就沒有這樣一位同伴，或許他只是個虛構的人，是幻覺，是自己陷入自己設想的記憶陷阱裡了。我告訴鬼魂，我的那個童年夥伴，我最近一次是在一場晚宴上看到他的，晚宴的牆壁上掛滿了白色的領巾。

我對每個可能的話題都有不確定的意見，有讓沉悶事物噤聲的絕對的巨大力量。我們一起上過「老多倫斯」，我描述他如何要求他自己和我共進早餐，雖然這是社交禮儀中最嚴重的冒犯，可我還是接受了他的要求；他又如何激起我對多倫斯男學生幾乎消失殆盡的信任，他的目的達到了；他又如何證明他是最可怕的流浪漢，在人世間遊蕩。後來我又不知怎麼的，竟把話題轉到貨幣上去了。我提議英國銀行應該冒著被廢行的風險，立刻取消發行天知道在市面上到底有幾億的十六便士紙鈔。

小鬼魂兩眼發直，似乎對我所說的充滿不解和好奇，起初他默不做聲地聽我說，可當我話一說完，他突然驚呼一聲：「理髮師！」

「理髮師？」我用好奇的語氣重複了一遍，理髮師可不是我的職業，跟我

也沒有任何關係。

「受到詛咒，註定要為不斷來來去去的顧客打理頭髮。現在是我。現在，

是個年輕人。現在您就是您自己。現在是您的父親。現在是您的祖父。您將受

到詛咒，每晚都要伴著一副骨骸入眠，每天早上都要跟著他一起醒來。」聽見

這不祥的詛咒，我不寒而慄，全身直打哆嗦。

「理髮師！跟我走！」小鬼魂呼喊著。

我竟莫名其妙地跟著小鬼魂走，走出B少爺的房間。其實在這之前，我就

有種感覺，不管聽不聽見小鬼魂的呼喊，都會有股力量鼓動著我跟他走。

大家都能想像到，被迫跟著人走路的夜晚有多漫長、多累人，而且這個人

還是一向會聽你告解，總會說出事實真相的女巫，尤其是當她們還提出誘導性

的問題時，很明顯就是準備好好折磨你一番。

我住在B少爺房間的那段時間裡，房間裡的鬼魂控制了我，讓我一遍又一

遍地進行著和夜遊一樣漫長而瘋狂的探險，我被鬼魂帶到一個長著山羊角和尾巴、衣著邋遢的老人面前，他的穿著只會讓我想到是牧羊神穿上了一件破衣服，還不怎麼得體。他以傳統禮儀迎接我，看起來和現實生活裡旅遊景點的小丑一樣愚蠢。不過，我也確實看見了其他更有意思的東西，所以才會毫不猶豫地跟著鬼魂走，可能一開始是騎掃帚柄，也可能之後改騎在玩具搖搖馬上。這只玩具馬發出一股濃濃的動物油漆味，尤其是當我把它拿出來曬曬太陽企圖讓它暖和些時，味道變得更重了。我忍不住想罵髒話。

然後我又坐在出租馬車上追趕著鬼魂，車裡有一種我們這一代人不常聞見的氣味。當我看到馬廄裡有隻長疥癬的狗和一只極老舊的風箱時，我又忍不住想罵髒話了。

後來，我又騎在一隻無頭驢上追趕著鬼魂，這頭驢子看起來似乎對自己的胃很感興趣，自始至終都在低頭研究自己的胃。接下來是坐在小馬上，這是一匹似乎為了踢自己的後腿而生的小馬，它不停地踢自己的後腿，樂此不疲。

最後，我又坐在遊樂場的旋轉木馬和鞦韆上，又坐在第一部出租馬車裡，這個馬車保留著一個被遺忘的習俗——乘客通常會上床睡覺，和馬夫一起蓋上被子。

我並不想鉅細靡遺地描述一路追趕B少爺的過程，儘管我認為那是比水手辛巴達的奇異航程更久、更不可思議的一段旅程。不過，我要提其中的一段經歷。

乍一看我還是我自己，但我的外表有了驚人的改變，這又不是我自己了。我意識到身體裡有個東西，在我一生中就算經歷了種種變化它還是一直如此，我始終認為它未曾改變過。然而我已經不是那個在B少爺房間的床上睡著的我了，我的臉發生了變化，變得極光滑，雙腿也發生了變化，變得更短了。

我在門後抓住了另一個和我自己很像的人，然後告訴他我有一個很好的提議，那就是我們應該有後宮佳麗三千。這個人一樣也有極光滑的臉和極短的腿，他熱情地贊同我的建議。當然，這兩個我都不懂東方的習俗，不知道什麼叫做自愛。善良的哈隆倫．拉希德國王也是這樣的，一想到他我便覺得內心充滿了甜蜜的回憶，我們應該效仿他吧。

「噢。好啊！」另一個我雀躍地說，「讓我們有群後宮佳麗吧！」

我們不是因為對效法的東方習俗有所疑慮，而是知道葛里芬小姐身上有股難以捉摸的神祕氣息，不具備身為人類該有的同理心，所以無法瞭解哈隆倫國王的偉大卓越之處，才故意瞞著她進行這件事。我們提議還是去拜託布魯小姐吧。

我們一行十人，二男八女，來到位於漢普斯特湖旁的葛里芬小姐的住宅。據我判斷，布魯小姐約莫是十八、九歲的年紀，由她領著所有人前往。我跟她聊到這個話題時，提議她來當那位最受寵愛的妃子。

布魯小姐在一番極其自然的推辭之後表示這提議讓她感覺受寵若驚，這中間表現出女性羞怯又迷人的一面，不過她想知道我們準備怎麼向皮普森小姐開口。據我們瞭解，布魯小姐曾對著兩大本盒裝又上鎖的英國國教祈禱書發過誓，要和年輕的皮普森小姐友誼永存，兩人之間沒有祕密，至死不渝。

布魯小姐說，身為皮普森小姐的摯友，她無法隱瞞「皮普森小姐絕非等閒女子」的事實。我知道的是，皮普森小姐的確具有美女所必備的一頭鬈髮和一雙藍眼睛，她的確是切爾克斯族的美女。

「那麼，接下來呢？」布魯小姐憂心忡忡地問道。

我堅定地回答：「皮普森小姐首先要被商人誘騙，然後戴著面紗被帶到我面前，由我把她當做奴隸買下。」

這時，另一個我已經成了首相，地位早已跌落到全國男性排名第二的位置。事後他不停地拉扯自己的頭髮抗拒這項提議，但最後還是屈服了。

「我是不是該表現出吃醋的樣子呢？」布魯小姐害羞地垂下了她的目光，問我。

「不需要，蘇貝蒂，」我堅定地向她保證，「你永遠都是我最寵愛的妃子。我心裡最重要的位置，還有我的王位，永遠都是屬於你的。」

有了我這番保證，布魯小姐便很開心地同意了對她七個美麗的女朋友提出我的這個「成為後宮佳麗」的想法。同一天，我突然想到我們認識葛里芬小姐家的一個工人，他笑容滿面、臉上總是沾有石墨的痕跡，是個秉性敦厚的單身漢，他叫塔比。

於是在晚餐之後，我偷偷塞了張紙條到布魯小姐手裡，企圖用這種方式告訴布魯小姐：塔比臉上的石墨污漬是神的手指畫出來的。

每個人的個性都很複雜，比如說那另一個我在這期間表現出品格低劣的一面：在他渴求王位未果而被打敗後，就裝出一副要他拜倒在國王跟前良心上會有顧忌的姿態。他不願稱國王為大主教，而不屑地說他只是個「小子」；另一個我說他「不想演」，然後又擺出一副粗鄙、令人作嘔的模樣。所以，我們想要的那種宮廷制度在建設過程中困難重重。

另一個我的這一卑劣性格受到團結的後宮佳麗們義憤填膺的一致奚落，而我則幸運地獲得那八位人間至美的女子對我的微笑與崇拜。我有信心去迎接接下來未知的挑戰。

那九位人間至美的女子只有在葛里芬小姐不注意時，才敢對我笑，而且看起來笑得也非常小心謹慎。因為先知穆罕默德流傳著一個關於葛里芬小姐的傳說，說葛里芬小姐背上的披巾花紋中間有一小片圓形裝飾品，這能讓她看到任何事。

每天晚餐過後，我們都會聚在一起約一個小時。這是最受寵愛的妃子和其他的後宮佳麗彼此競爭的時候，我們也會在此刻選出誰最有資格在尊貴的哈隆倫國王日理萬機之餘陪伴和取悅他，這就好像是國王在處理大部分國事時面對常會遇上算術問題的大主教——大主教在盤算該寵幸幾位妃子時，總是陷入嚴重的猶豫之中。

在這種場合下，盡忠職守的後宮黑奴頭子曼蘇魯爾一定會隨侍在側，葛里芬小姐通常會心懷憤怒地搖鈴召喚黑奴頭子曼蘇魯爾過來。

可是黑奴頭子曼蘇魯爾的行為舉止從沒符合過他在歷史上享有的那種聲

譽。首先，他會拿著掃帚進入國王會議室，無論什麼情況他都無動於衷，甚至就連哈隆倫國王已經披上代表憤怒的紅袍子，他也還是那樣。他的無禮舉動可能會獲得寬恕，但是到現在也沒有令人滿意的答案說他為什麼這麼做。

其次，他經常突然輕蔑地大笑大喊著：「美女們，讓自己爽一下吧！」簡直是既非東方文化、又非禮儀的言論，荒謬得無跡可循。最後，我們每次都特地吩咐他要說「阿拉真主啊」，但他每次都說：「哈里路亞！」

曼蘇魯爾完全不像和他同階級的僕役，而他似乎也有特權不被處罰。一張大嘴永遠閉不起來，老是口無遮攔地發表極不恰當的言論，甚至有一次他還用五十萬黃金買下切爾克斯族美女，當然這屬於便宜的一次了。總之他就是太過幽默，願主保佑曼蘇魯爾，願內心溫柔的他膝下能有子女承歡，撫慰他之後無數艱苦的日子！

至於葛里芬小姐，那就是一本活禮儀書。她帶領我們成兩排走在漢普斯特路時，如果她知道與自己的莊重步伐並肩齊行的是個奉行一夫多妻制的人，我無法想像這位德行高尚的女性會作何感想。我身後那群後宮佳麗已經達成堅定的共識，就是要把葛里芬小姐完全蒙在鼓裡，我們要嚴守這些祕密，否則她那神祕難測的恐怖心志不知道會發生什麼事情。我相信葛里芬小姐完全沒意識到這些，而我們的祕密竟有一次差點被我自己出賣了。

我們每個星期天都坐在教堂樓上顯眼的座位上，以非世俗的方式宣揚國教。而那次危機的發生和化解都在某一個星期天上演。當時我們一行十人由葛里芬小姐帶頭坐好。那時，正好聽見有人在朗誦所羅門王治國的光榮事蹟，我的第一反應就是「哈隆倫王，您也一樣偉大啊」。

主持禮拜的牧師看了我一眼，正對應了我的良心之語。我看了看牧師，他像是在對著我朗誦似的，我不禁狂冒汗、滿臉通紅。再看看首相也變得越來越像行屍走肉，所有後宮佳麗這時候都漲紅了臉，好像巴格達的落日餘暉直接照在了她們的臉龐上。

令人敬畏的葛里芬小姐突然選擇在這個時候站了起來，帶著似乎惡意的眼神審視著我的子民。我有種不祥的感覺——這教堂和我的國家，以及葛里芬小姐要密謀揭發我們。到時我們這群人的後果就是：全被裹在白床單裡，陳列在教堂中央走道裡公開展示。

但是，葛里芬小姐判斷是非的觀念是很西方的，如果我可以表達反東方國家的意見，她自然不會覺得我們有異樣了。所以她只懷疑蘋果是否有毒，而我們也就得救了。

事後，我忐忑不安，召集所有的後宮佳麗，問她們一個問題：一國的信仰頭目敢不敢在皇宮的聖所內上演親吻動作。佳麗們的意見發生了分歧：蘇貝蒂這位最受寵愛的妃子持反對意見；切爾克斯族美女則企圖躲起來，把臉埋進一個原本用來裝書的綠色厚羊毛袋中；而一名越過中土沙漠跟著商隊從物產豐碩的肯頓城遠道而來的、姿色超凡的年輕女孩持更開明的意見。年輕的她樂觀向上，像頭小羚羊般活躍，堅持要我減少首相和首相那隻狗在她們身上得到的福利，這跟我們討論的東西有點遠。她們的爭論越來越激烈，為了緩和她們的爭論，我任命一位極年輕的奴隸擔任副首相。

「小羚羊」從凳子上起身，接受仁慈的哈隆倫國王在她雙頰行使和其他寵妃相同的致意禮，實際上私底下則會獲得後宮佳麗們金銀珠寶的報答。

原本我應沉浸在這天賜極樂中盡情享受，而我的內心卻變得非常煩躁不安。我開始胡思亂想，一開始想如果我在仲夏時節帶八位人間姣好的美女回家，我的母親會說什麼；後來又想在家做幾張床才能夠我們幾個睡覺；隨之想到了父親的收入，他的收入能不能滿足我們的願望呢；還有麵包師傅……它們都是空想，而且這些事反倒讓我的意志更加消沉。

後宮佳麗們和不懷好意的首相公開宣稱永遠效忠於我，表示會和他們的國王同生共死。或許他們都在憑直覺猜測他們的國王何以如此痛苦，可是這些表現忠誠的宣示無疑將我打入更悲慘的深淵。我經常睜著眼睛躺在床上，一躺就是好幾個小時，反復思考著我不幸的命運，卻適得其反地加深了自己的痛苦。

絕望之餘，我想到可以找機會向葛里芬小姐下跪，主動招認我和所羅門王一樣多情，並祈求她以「公然違反國家律法」的罪名處置我，如果她確實沒想到什麼方法可以替我開罪的話，我願意這樣。

剛好有一天，我們所有的人都心事重重，於是決定去外頭散步，成雙成對地散步。在這種情況下，首相通常會指示要特別注意那名在關卡收通行稅的男孩，不要用他褻瀆的眼神盯著後宮佳麗，否則他就會被絞死。

事出有因，那個來自肯頓城的「小羚羊」表示昨天是她的生日，她也收到了許多金銀珠寶，但她還是私下誠懇地邀請了鄰國的三十五位王子和公主來參加舞會晚宴，而且她還附帶一條特別規定，要求他們「一定得待到十二點才行」。

沒想到，「小羚羊」還真盛裝打扮，把光臨的賓客引到了葛里芬小姐宅邸的門前。一開始，賓客們仍禮貌地敲兩下門，「小羚羊」卻退回到後面閣樓裡，後來敲門聲每響起一次，葛里芬小姐就會感到心煩意亂，最後她出來應門，要大家離去。

這群聚集而來的男男女女滿心期待要參加舞會卻含著淚被打發走了。「小羚羊」的突然行徑使我國蒙羞，只是大家沒想到的是，雖然小羚羊這個始作俑者受到了終極處置——被關在了收納布品的壁櫥，只有麵包和水可吃，可葛里芬小姐還是沒有洩憤，她還以報復性的言詞狠狠地教訓了大家：「第一，我相信你們全都知道這件事；第二，你們每個人都一樣壞；第三，好一群混蛋！」

在這多事之秋，我們散步的氣氛顯得異常沉悶，我的心情更是跌落到了穀底。這時有個陌生人走上前與葛里芬小姐並肩交談，走了一小段路之後，這陌生人轉過頭來看我，我以為他是司法部門的爪牙，死期將至，不知道他會不會失去理智做出什麼事情，於是我二話不說當場拔腿就跑，像逃犯般逃亡。

看見我飛似的匆忙逃離的模樣，所有後宮佳麗都放聲大哭，哀傷得好像是失去了親人。我在第一個路口左轉，然後沿著酒吧繞一圈，這是我記得的到金字塔最近的路線了。我覺得葛里芬小姐在我背後尖叫，不忠的首相也在後頭追趕我，站在收稅關卡的男孩則巧妙地閃開我，我以為他給我讓路呢，而他卻像頭羊一樣把我趕到角落，截斷了我的去路。結果就是我被逮回去了，我的逃跑失敗了。

奇怪的是，竟沒有一個人責備我，就連葛里芬小姐也沒責怪我，她和那陌生男人走在我的左右兩邊，感覺像是用某種特別、但又非全然把我當罪犯的方式押著我走回皇宮。葛里芬小姐以出乎意料的溫和語氣說了句：「這真是太奇怪了！為什麼這位紳士一看你，你就逃走呢？」

因為剛剛經歷一場逃命，現在的我已經上氣不接下氣了，當然無法回答。不過我想如果我能喘喘氣回答這問題，我敢說我還是不會回答的。

走進皇宮後，我們進了某個房間。葛里芬小姐叫後宮的黑奴頭子曼蘇魯爾進來幫她，兩人低頭說了幾句話，曼蘇魯爾就開始掉下淚來。

「願主祝福你，我的寶貝！」當差的對葛里芬小姐說，然後轉身跟我說話，「你老爸吃的苦頭可多了！」

「他病得很重嗎？」我問他，我的一顆心已經開始慌張，撲通撲通地跳個不停。

「願主憐憫你這頭小羊，我的小乖乖！」好心的曼蘇魯爾跪了下來，讓我的腦袋靠著他的肩膀，用哀傷的語氣說著，「你老爸已經死了！」

然後我發現哈隆倫．拉希德國王不見了，接著整群後宮佳麗也消失了。從那一刻起，我再也沒有見過那八位人間最美麗女子中的任何一人。

我帶著「罪愆」和「死亡」回到了家，因為家裡有場出清拍賣正等著我。有種無以名狀的「力量」凌駕於我的小床，這種力量高傲地注視著底下的動靜，黃銅煤筐、旋轉烤肉叉和鳥籠一隻一隻地被丟到床上，隨著含糊的「成交」聲，它們就被賣出去了。床和這些東西一起被搬走時還唱了首歌，一首很悲傷的歌，我聽見了歌詞，正納悶這是哪首歌的時候就被送到一所大男孩就讀的學校。這個學校十分荒涼，這裡的一切吃穿等生活物資都很粗鄙，還總是不夠；這裡的每個人，不管是高個子還是矮個子都很殘忍；這裡的男孩問我帶了些什麼來、是誰帶我來這裡，還對我大聲叫囂：「走開！離開這裡，滾吧！」我想他們一定是在我到學校之前，就已經聽說了那場拍賣的細節。

在那個卑劣的地方，我沒告訴任何人我曾經是哈隆倫王，或者我曾經擁有一群後宮佳麗。因為我知道倘若我提到我的失敗，就有可能會在哪天被溺死在操場附近的泥塘裡，那泥塘只會讓我想到一池啤酒。

噢！我的天啊！我的天啊！朋友們，在我住進B少爺的房間之後，我發現裡面其實沒有任何鬼魂作祟，只有我自己。我自己的童年陰影、我那天真無邪的陰影，還有我那天使翅膀似的信仰陰影，它們都一下子跳出來作怪了。我多次追逐著內心的陰影幽魂，但腳步永遠趕不上它，我的手試圖抓住它，卻永遠都碰不到它，我的心再也無法像以前一樣保持純真。

曾經我與高采烈又心懷感激的模樣，你們也看見了。可是現在我不開心，我只是想做我自己。我是那麼努力地想擺脫命運，那註定為不斷來去的顧客打理頭髮的宿命，更想擺脫和這副專屬於我同床共寢的骨骸夥伴的宿命啊！

Charles Dickens

02 通往地獄的郵車

我是一名旅行推銷員，游走在各個旅館之間。今天我要給一個大家講一個關於我伯父的故事，是他的一次驚險的經歷。

我的伯父傑克．馬丁是一個快樂、聰明又和藹可親的人。雖然我希望你們都能認識他，但是很遺憾，現在只有已經死亡或者瀕臨死亡的人才有機會認識他，因為我的伯父已經去世了。現在只能由我來告訴你們，我的伯父是一個多麼優秀的人，當然我很高興能夠把這些事情告訴你們。

我的伯父是十分出眾的，其中有兩樣是最出眾的，一個是他調的潘趣酒，另一個就是他晚餐後唱的歌曲。

伯父的身材比中等身材的人矮些，比普通人略胖些，臉色比一般人稍微紅了些，但是他的臉上總是掛著笑容，不是那種毫無表情的傻笑，而是那種真誠、愉快的微笑。他的臉上總是掛著最快活的表情，就像潘趣，但是伯父的鼻子和下巴要比潘趣更好看。

伯父有很多重要的朋友，他是鐵近何威爾普斯公司的收帳員，也是倫敦市卡堤頓街的畢爾森和司倫大廈的湯姆．史瑪特的摯友與夥伴。

事實上，從初次見面開始他們就互相欣賞了，他們在認識還不到半個鐘頭的時候，就打賭說看誰能做出一夸脫最好的潘趣酒，並且在最短的時間裡喝掉它，賭注就是一頂嶄新的帽子。最後他們打成了平手，伯父取得了調酒的勝利，而湯姆．史瑪特則在飲酒方面勝過了伯父。這之後他們又為對方的健康各喝了一夸脫的酒，從此他們就成了一生的至交好友。

伯父是一個堅強樂觀的人。有次他從一輛二輪單馬車上掉了下去，頭撞在一塊里程碑上，他當場就陷入昏迷中，臉也被一旁的碎石子割傷了。他的傷很嚴重，嚴重到就算他的母親活過來也認不出他來了，當然這是玩笑。因為他的母親在他兩歲又七個月時就已經去世，即使伯父沒有受傷，她也是一樣認不出他的。一些好心人救了伯父，而伯父的表現讓他們感到十分驚奇。

當時，伯父已經摔倒在了地上，但是他看上去依然非常開心，像是剛剛享受了一頓大餐之後醉倒在地上一樣。那些好心人幫伯父放完血之後，伯父恢復了活力，他從床上跳了起來，大笑著親吻身旁捧著臉盆的年輕女子，要了一份羊肉排骨和一顆醃核桃。

我伯父這趟驚險的旅行發生在一個落葉紛紛的秋天，他出行的目的是為了收帳和接訂單，他的行程安排是這樣的：倫敦——愛丁堡——格拉斯哥，再從格拉斯哥——愛丁堡——倫敦。

看到這份行程表大家可能會很奇怪，伯父為什麼不直接回到倫敦而是要再去一次愛丁堡？這裡我要解釋一下，他第二次去愛丁堡完全是為了個人消遣，伯父有很多的朋友在愛丁堡，所以他通常會花一個星期的時間去看看他的老朋友們，和一些人吃一頓蘇格蘭式早餐，和另一些人共進有著一大盤牡蠣、一打啤酒以及一兩杯威士忌作收尾的簡易午餐，再和其他人一起吃點心，最後跟另一些人共用晚餐，就這樣一星期，時間顯得十分緊湊。

在這一週的聚會中，伯父每天都要喝大量的酒，這對他來說已經不算什麼了，他早已習慣這樣喝了，他甚至可以把一向以酒量好著稱的丹地人灌醉後自己穩穩地走回家去。

就在伯父離開愛丁堡返回倫敦的前一天晚上，伯父在一個叫做貝利・麥克的老朋友家吃晚餐，貝利・麥克住在愛丁堡的舊城區。那是一場盛大的晚宴，和我伯父一起共進晚餐的還有貝利的妻子、三個女兒、已成人的兒子，以及貝利請來的三四個撐場面、活躍氣氛的矮胖、濃眉又一臉狡詐的蘇格蘭人。

這場盛大的晚宴非常豐盛，有醃鮭魚、熏黑線鱈魚、羔羊頭，還有很有名的蘇格蘭家常食品以及很多不知名但十分美味的菜肴。這場宴會讓伯父非常開心，因為貝利的女兒們長得漂亮又討人喜歡，貝利的妻子也十分善良好客，席間，大家都開懷地笑著，貝利和那三個蘇格蘭人更是笑得漲紅了臉。

我不知道晚宴上伯父他們又喝了多少蘇格蘭威士忌，不過據說在大約淩晨一點鐘左右，貝利的兒子醉得不省人事之後，在那張桃心木桌上的人，還清醒的就只有伯父了。這時伯父覺得是該告辭的時候了，但是如果就這麼一聲不響地離開，未免有些失禮，於是我伯父坐在椅子上，為自己又調了一杯酒，然後站起來舉杯祝自己健康，在做了段簡潔而恭維的演說後，勁頭十足地喝乾了這杯未加水的酒，然後頭也不回地朝街上走了。

那個夜晚的天氣十分糟糕，狂風大作，烏雲密佈，伯父離開貝利家之後，為了防止帽子被風刮走，他必須把它緊緊地戴在頭上。伯父不時抬頭仰望夜空，看到烏雲和月亮在不停地追逐，一會兒烏雲快速地把月亮和它的光輝全部掩蓋，一會兒月亮又從層層黑雲背後鑽出，發出強烈的光照亮周圍一切。這樣的天氣讓伯父非常生氣，因為原本他是打算坐船回倫敦的，但是在陰雲中出航並不是個明智的選擇。仰望天空時間太久之後，伯父感到有點頭暈，在好不容易恢復了身體的平衡之後，他又一次一邊唱著歌一邊愉快地向前走了。

從貝利家所在的凱農格特街到我伯父住的萊斯步道大概要走一英里多的路，中間，伯父要經過一些在黑暗中零星錯落的高樓，這些房子大約有七八層樓高，它們的大門退色，窗戶變得模糊凹陷了。它們的影子投射在崎嶇不平的石子路上，讓暗夜變得更加漆黑了，只有幾盞零零落落的油燈發出一些微弱的光芒，它們的作用是指出哪些是通往狹窄死胡同的入口，哪些又是通往上面各層樓的公用樓梯。

按理說，這樣陰暗的街景會讓一般人感到畏懼，但是伯父對這一切已經司空見慣了，所以他只是看了看周圍之後，便自在地走在大街的中心。他把雙手的大拇指分別插在背心的兩個口袋裡，一邊走一邊哼著各種曲調。他唱得非常開心，一會兒是情歌，一會兒是飲酒歌，一會兒又變成了曲調悅耳的口哨。

就這樣，伯父獨自沿著街心一路走下去，直到他來到了連接愛丁堡新舊城區的北橋，他本該像往常一樣毫不停留地離開這裡，但是他被一些奇怪而不規則的光群吸引了。那些光一層疊著一層，就像繁星一樣在高空閃爍著，這樣美麗的景色吸引了伯父，他四處張望著，而這時月亮已漸漸落下了。

天氣漸漸地放晴了。這讓伯父心情變得很好，於是他就這樣走到萊斯步道的盡頭，現在伯父只要穿過一塊很大的荒地就可以回家了，這塊荒地屬於一個車匠，他買下了郵局破舊廢棄的郵車。

伯父喜歡所有的車子，無論新舊，於是他來到柵欄邊，從縫隙中觀察那些郵車。很多郵車被棄置或拆解後堆在了最裡面，伯父不是喜歡冒險或有浪漫情懷的人，但他是一個為人熱心、精力旺盛的人。為了更清楚地觀察那些郵車，他翻過那些柵欄，坐在一根舊車軸上，靜靜地看著那些郵車。

那些郵車雜亂無章地堆在一起。伯父是個對數目一絲不苟的人，他想弄清楚那裡到底有多少輛郵車，說實話那是很困難的一件事，因為那些車已經被拆卸了，油漆已經完全剝落，鐵製品已經全部鏽跡斑斑了。車門被拿走了，車廂內的襯布被撕走了，車燈也沒了，轅杆不見了蹤跡，木板在風的撕扯下發出毛骨悚然的呼嘯聲，車頂積壓的雨水滴滴答答地流進車裡，到處都是破敗的景象。

伯父安靜地坐在那裡，一邊看著淒涼而陰沉的景色，一邊想像著這些郵車工作時的情景。他站在一輛郵車旁邊，想像著它工作時的樣子，想像著它曾經焦急地等待的消息、匯款、信件和通知，商人、情人、妻子、寡婦、母親、學童、幼兒看到郵車時的期待表情……就這樣漫無目的地想著，伯父居然打起瞌睡來了。

過了一會兒，也就是教堂的鐘敲響了兩點時，伯父被一陣喧嘩聲吵醒了。他發現這塊荒涼的空地一下子變得熱鬧起來，各種各樣的人一下子憑空冒了出來。這些人十分怪異，伯父完全不知道他們是怎樣出現又是怎樣消失的，例如那些腳夫，他們在拿到搬運費後，一轉過身就不見了，而那些乘客則穿著大尺寸、滾寬蕾絲邊的外套，袖口很大，而且沒有領子還戴著紳士們最愛的假髮，最正式的假髮。更令伯父驚奇的是，剛剛還破敗不堪的郵車變得嶄新明亮，每輛車的車廂內都擺放著坐墊和大衣；車長在整理郵包，腳夫們忙著將包裹丟進行李箱，馬夫們則忙著給馬套馬轡，僕役們忙著把轅杆緊緊拴在車上；乘客們的行李箱都已經被抬上車，而乘客們也已經準備好要出發了。

伯父就這樣看著這群奇怪的人一會兒，然後他又把眼睛閉了起來，直到有一個聲音喚醒了他。

那是一輛郵車的車長，他戴著那種假髮，一隻手提著燈籠，另一隻手正在把一把碩大的大口徑短槍塞到他的小手提箱裡。車長告訴伯父，他訂了一張郵車裡面的座位，伯父感到十分驚訝。雖然伯父對於一名車長沒有稱他為先生感到生氣，但是在得知車錢已經付過之後，他感到十分好奇，於是在車長的引導下登上了一部老式的愛丁堡倫敦線的郵車。

在伯父上車之前，另外的幾名乘客先上了郵車。其中一位戴著假髮，穿著裡頭襯著硬粗布，下擺又寬又大的滾著銀邊的天藍色外套，短褲上配絲質長襪和有副綁腿的帶扣的鞋，背心的垂邊拖在大腿的一邊，領結的帶子一路垂到腰際。他戴著一頂三角帽，腰邊掛著一把細長的劍，表情嚴肅地對著伯父的方向脫下帽子深深地鞠了個躬，伸出左手，行了一個標準的禮。

正當伯父想要回應他的熱情時，卻發現原來這位青年的殷勤是獻給一位剛出現在腳踏板前的年輕女子，她穿著一件拖到腰部以下的長胸衣的老式的綠色天鵝絨洋裝，用一條黑色的絲質頭巾包住了頭。面對青年的禮儀，她回頭看了看，然後用一隻手提起衣服上了馬車。雖然只是驚鴻一瞥，但是伯父確信他從未見過比她更美麗的女人，而且她的腿和腳也十分完美。儘管只是匆匆一瞥，伯父看到了這位年輕女士在懇求幫助，她的表情顯得既彷徨又無助。

就在年輕的女士上車時，之前那個動作殷勤的青年一把抓住了她的手腕，跟著她坐進了郵車，而緊跟著他的是一個戴著棕色短假髮、面貌非常兇惡的傢伙。他穿著梅子色的衣服，帶著把很大的劍，誇張的高靴一直到屁股下面，他和之前的年輕人一左一右地坐在了年輕女士的兩邊。伯父確信這兩個人是一夥的，而且他們一定是要對那名年輕的女士做一些見不得人的勾當，於是伯父決定保護這位女士。

伯父進入車廂後，那兩個年輕人立刻就想要殺死伯父。面貌兇惡的人揮舞著劍刺向了伯父。伯父雖然手無寸鐵，但迅速扯下了那個年輕人的三角帽，然後用它擋住了刺向自己的劍。這時長相兇狠的年輕人要求另一個人用劍從後面刺伯父，但在伯父展示了自己的一隻鞋後跟，告訴他們如果他們真的敢那樣做的話，他一定會踢破他們的腦袋，踹出他們的腦漿之後，那個人猶豫了。伯父把那把刺向他的長劍從長相兇惡的年輕人手上奪了過來，然後丟到了車外。

而那個之前對女士十分殷勤的年輕人想要再一次刺殺伯父，也許是顧忌著女士的心情，他只是面露凶光卻沒有拔劍。伯父神情自若地坐下，微笑著告訴兩個年輕人，在女士面前不要做這麼殘暴的事情，然後他命令郵車車長把他剛剛扔掉的劍還給那個面貌兇惡的年輕人。

車長來到車外，一手舉起燈，一手拿著那把劍，還有一大群郵車車長聚集在窗外，他們都用熱切的眼光看著伯父。這一切令伯父感到驚奇，他從未遇到過這樣奇怪的事情。他把帽子還給了那個長相兇惡的青年。青年接過了中間有個洞的帽子，然後將它默默地戴在假髮上。雖然他表現得很嚴肅，可惜一個噴嚏就把他努力營造的形象全給毀了。

就在這時，車長宣佈出發。伯父在車中看到，這些郵車以每小時大約五英里的速度緩慢前進，對此伯父覺得他們實在是太散漫了，決定回到倫敦後一定馬上寫信向郵局投訴。但是此時此刻，他最關心的是那位坐在車廂角落裡的女士的安危，她被那兩個年輕人緊緊地監視著，伯父決定無論如何都要把這事解決。他很喜歡明亮的雙眸、甜美的臉蛋以及漂亮的腿和腳，簡單來說，只要是女人他都喜歡。這是我們的家族遺傳，紳士們，我也一樣。

伯父想方設法要吸引那位女士的注意，或者讓那兩位神祕的紳士開始交談，但都徒勞無功。紳士們不願意說話，女士更不敢開口。伯父每隔一會兒就把頭伸出窗外，大聲問車長為什麼不走快一點，但是他嗓子都快喊啞了也沒有人理他。

伯父坐回座位上，想起那美麗的臉、腳和腿。這是個好問題，可以消磨時間，也省得他納悶到底要上哪裡去，還有自己又是怎麼落入如此古怪的處境中的。無論如何，他都不會感到太過煩惱——他是個隨遇而安、習慣漂泊的人，這就是我的伯父，各位紳士們。

突然間，馬車停了下來。

「嘿，」伯父問，「發生什麼事了？」

「在這裡下車。」車長說，他放下腳踏板。

「在這下車？」伯父不敢相信。

「就是這裡。」車長回答。

「我才不幹。」伯父說。

「好極了，那你待在原地別動。」車長說。

「我會的。」伯父說。

「好。」車長這次只說了一個字。

車上其他乘客都在聽他們的對話，知道伯父決定不下車後，較年輕的那名男子就從他旁邊擠了過去，把那位女士牽下車。另一個長相兇惡的男子還在檢查三角帽上的洞。年輕女士走過伯父身旁時，故意讓一隻手套掉在他的手裡，輕聲地對他耳語——她的嘴唇靠著他的臉，近到他的鼻子都感覺到她溫暖的氣息了——僅僅兩個字：「救命！」伯父立刻跳出馬車，力道之猛讓車子立即搖晃了起來。

「喔！你改變心意了，是嗎？」車長看見伯父站在地上時說。

伯父看了車長一會兒，猶豫著該不該把他的大口徑短槍搶過來，朝那名佩帶長劍的男子臉上開一槍，再用槍托招呼另一個同伴的頭，一把抓住那名年輕女士往煙霧裡逃去。但是他想了想，決定放棄這個計畫，因為真要這麼做未免有點太過戲劇化了。於是就跟著兩名神祕男子，三人一左一右一後圍住那位年輕女士，走進就在馬車停下來的正前方的一間古老的房子裡。他們轉進走廊，伯父也跟了過去。

在伯父見過的所有空屋和廢墟中，這裡是最荒涼的一處了。看起來這裡曾經是一間很大的娛樂場所，但現在屋頂有好幾處坍塌，樓梯也變得陡峭、崎嶇不平、坑坑窪窪。他們走進去的房間裡面有一座巨大的火爐和被煙熏焦黑的煙囪，但現在已經沒有溫暖的火來將它點燃。爐底依舊鋪蓋著白色羽毛般的灰燼，不過火爐是冰涼的，一切都顯得陰暗而陰鬱。

「喂，一輛郵車用時速六英里半的慢速趕路，還在這個像洞一樣的地方不知道要停多久，這很不符合常規吧？應該要查清楚，我會寫信給報社問個明白。」伯父邊說邊四處張望。

伯父用一種公然、毫不保留的態度，提高音量說出這段話，為的是儘量引起兩個陌生人開口和他說話。但他們完全不理會他，只是一邊彼此竊竊私語，一邊惡狠狠地瞪著他。年輕女士在房間的另一頭，她冒險揮了揮手，像在乞求伯父救她。

終於這兩個陌生人朝他走了過來，開始談話。「我想，你不知道這是私人房間吧，老兄？」穿天藍色外套的人說。

「不，我不知道，老兄，」伯父回答，「不過如果這間是臨時特別指定的私人房間，那我想公用室一定是非常舒服的房間。」說著，伯父就在一把高背椅子上坐了下來，打量著那位紳士。

「離開這房間。」兩人不約而同地說，手裡握著劍。

「呃？」伯父似乎完全不懂他們的意思。

「離開這房間，否則就要你的命。」長相兇惡的傢伙說，同時拔出劍揮舞著。

「幹掉他！」穿天藍色衣服的人喊了一聲，也拔出劍來，還後退了兩三碼。年輕女士這時發出一聲尖叫。

伯父一向以非常勇敢和冷靜著稱。他們開始交談後，他就一副好像對即將發生的事情漠不關心的樣子，其實他一直不動聲色地四處搜尋可以投擲或防禦的武器，而就在他們拔出劍來的那一刻，他發現在煙囪角落裡有把老舊的筐形劍柄的雙刃長劍，還套著生銹的劍鞘。

伯父跳過去一把將它抓在手中，拔出劍來英勇地在頭上揮舞，大聲要那女士躲開，再抄起椅子朝穿天藍色衣服的男子扔過去，劍鞘則丟向穿梅子色衣服的那人，趁他們一片混亂之際，撲上去展開了一場混戰。

伯父以前從來沒有拿過劍，除了有一次在某個私人劇院扮演理查三世時拿過之外。那是安排好的戲碼，只要刺過去，完全不用演出決鬥場面。但是現在他正和兩個有經驗的劍手對砍，刺、擋、戳、削，使出無比的男子氣概和最靈活的技術拼鬥著，儘管當時他還沒意識到，他對鬥劍這一技藝是完全的門外漢。紳士們，這只是證明了那句老話說得有多對：「一個人在試過之前，絕對不知道自己能夠做什麼。」

搏鬥的聲音很嚇人，三位劍客都破口大罵，他們的劍鏗鏘作響，彷彿新港市場裡所有刀槍劍戟同時撞在一塊兒。搏鬥到最高峰時，年輕女士把頭巾從臉上整個掀開（八九不離十是為了鼓舞伯父），露出她那讓人目眩神迷的美貌，讓伯父甘願為了她的嫣然一笑和五十個對手戰鬥，至死方休。伯父剛才已完成驚人之舉，但現在變得更加勇猛，宛如瘋狂的巨人。

就在這時，穿天藍色衣服的人回過頭去，看見年輕女士把臉露了出來，他發出一陣夾雜盛怒和嫉妒的怒吼，然後把劍轉過來朝向她美麗的胸脯，劍尖對準她的心口，作勢要刺過去。伯父見狀發出一聲驚呼，響徹整間空屋。女士輕巧地閃開，從年輕男子手裡奪過劍，趁他還來不及站穩之際將他逼到牆邊，一劍刺穿了他的身體，只留下劍柄露在外頭，把他結結實實地釘在那兒。

這個示範出色極了！伯父發出一聲勝利的吶喊和爆發出一股無法抵抗的力量，將他的對手往同方向逼退，那把老舊的雙刃長劍將對手釘在旁邊。這兩個人就站在那裡，手腳痛苦地抽搐著，像玩具店裡被粗麻繩拉扯的玩偶一樣。在這之後伯父總是說，這是他知道處理仇人最好的手段之一，不過這方法有個可疑之處，那就是費用問題，因為每處理掉一個人就要損失一把劍！

「郵車，郵車！我們可能還來得及逃出去。」女士大叫，跑向伯父，伸出美麗的雙臂環繞住他的脖子。

伯父大喊：「親愛的，已經沒人要殺了，不是嗎？」伯父覺得有點失望，因為他認為殺戮後安靜地親熱一下才會愉快。

「我們一刻也不能浪費在這兒，他（指著穿天藍色衣服的年輕紳士）是勢力龐大的菲利托維侯爵的獨生子。」年輕女士說。

「好吧，親愛的，恐怕他永遠再也無法冠上這爵號了，你斷了他們的後代，我的愛。」伯父冷冷地看著年輕紳士說。

「這些惡棍把我從我的家人和朋友身邊綁走，再過一小時這無賴就要用武力強娶我了。」年輕女士美麗的臉因為憤怒而漲得通紅。

「無恥之徒！」伯父說，對菲利托維垂死的子嗣鄙視地看了一眼。

「從你所見的事你可以猜得到，如果我向任何人求救，他們就要殺了我。倘若他們的黨羽發現我們在這裡，我們就完了，再拖個兩分鐘都會太遲。郵車！」因情緒過度激動，加上刺殺小菲利托維時使盡了力氣，她說完這些話後就倒在伯父懷裡。伯父把她扶起來，抱著她走到門口。

郵車就停在那兒，還有四匹長尾、鬃毛飄垂的黑馬，都上了馬具。但是在那些馬的前面，沒有車夫、沒有車長，甚至連馬夫也沒有。

紳士們，希望我的表達方式對已故伯父的名聲沒有任何詆毀之處。他雖然是個單身漢，但是在這次之前他的懷裡已經抱過幾位女子了——我確實相信他有親吻酒吧女侍者的習慣，而且我還知道，有一次還是兩次，他曾經被可靠的證人看見他抱著老闆娘的樣子。

我提到這點，是為了說明那位年輕美麗的女士一定是個很不尋常的人，才有辦法那樣影響伯父。他常說，當她烏黑的長髮垂在他手臂上，還有當她蘇醒後用那雙美麗的黑眼睛凝視著他的臉時，他感到既不可思議又有些緊張，兩腿不由自主地抖了起來。誰能夠望著一雙甜蜜溫柔的黑眼睛而不覺得有點可疑呢？我是辦不到了，紳士們，我害怕看一些我認識的人的眼睛，就是這個道理。

「你永遠都不會離開我嗎？」年輕女士溫柔地低語。

「絕對不會。」伯父很認真地說。

「我親愛的救命恩人！」年輕女士叫喊著，「我親愛、善良、勇敢的救命恩人！」

「別說了。」伯父打斷她。

「為什麼？」年輕女士問。

「因為你的嘴在說話時是那麼美麗，」伯父回答，「我害怕我會情不自禁地失禮吻上它。」

年輕女士舉起手來，似乎是要警告我伯父別這樣做，還說——不，她什麼都沒說——她笑了笑。當你注視一雙世上最甜美的嘴唇，看著它們溫柔地綻放出淘氣的微笑——如果你非常靠近它們，並且旁邊沒有別人在場的話——你除了立刻吻上它們，就沒有更好的方法來證明你對它們的美麗和紅潤的崇拜。伯父就這麼做了，我因此很崇拜他。

「聽！」年輕女士驚叫出來，「是車輪和馬的聲音！」

「沒錯。」伯父一邊說，一邊留神聽著。他在辨識車輪和馬蹄聲這方面的聽力十分敏銳。不過，朝他們奔來的馬和馬車非常多，而且距離遙遠，所以不太能夠精確地估算出一個數目。那聲音聽起來像是五十輛四輪大馬車，每輛車子由六匹純種馬拉著。

「有人追過來了！有人追過來了！現在你是我唯一的希望了！」年輕女士呼喊。

看見她美麗的臉上露出如此驚懼的表情，伯父當下就鐵了心。他把她抱進馬車，要她別害怕，還把他的嘴唇壓到她的嘴唇上面又親了一次，然後讓她拉上窗擋住冷風，就逕自爬上車夫座。

「慢著，親愛的。」年輕的女士說。

「怎麼了？」伯父坐在車夫座上問。

「我有話要跟你說，」小姐說，「只有一句話，只有一句話，最親愛的。」

「我要下來嗎？」伯父問。年輕女士沒有回答，只是又微微一笑。那醉人的微笑啊，紳士們，要說傾國傾城恐怕還太保守了點。伯父立刻從車夫座上一躍而下。

「什麼事，親愛的？」伯父把頭探進車窗戶裡。年輕女士剛好同時傾過身來，伯父覺得她比之前更美了。

「什麼事，親愛的？」伯父問。

「除了我，你絕不會再愛上別人，絕不會娶任何人嗎？」年輕女士說。

伯父發了重誓，說他絕不會娶任何人，年輕女士這才退了進去，拉上了窗戶。

伯父跳回車夫座，擺出趕車的架勢，調整好韁繩，抓起放在車頂上的馬鞭，給了領頭馬一鞭，四匹長尾飄鬃的黑馬隨即飛奔起來，每小時足足有十五英里的速度，後面拖著輛老舊的郵車。

然而後面的聲音越來越大。老郵車跑得越快，後方的追兵——人、馬、狗等就追趕得越快。

喧囂聲雖可怕，最恐怖的卻是那位年輕女士的聲音，她不停地催促伯父，高聲尖叫著：「快點！再快點！」

他們疾馳在陰暗的樹林間，刮落的樹葉像颶風中的羽毛一樣狂亂飛舞。他們像怒吼的洪水突然潰堤似的，沖過屋舍、柵門、教堂、乾草堆和行進路線上的任何東西。但追著他們的聲音依舊越來越大，伯父依舊聽得見女士發狂的尖叫聲：「快點！再快點！」

伯父連續抽動鞭子和韁繩，馬匹不斷往前飛奔，然而後方追逐的聲音變得更接近，年輕女士一直叫著：「快點！再快點！」

在這緊要關頭，伯父突然用力蹬了一下行李箱，然後發現已是魚肚白的早晨，他正坐在車匠租地裡一輛愛丁堡郵車的駕駛座上，又濕又冷、渾身顫抖，還在跺著腳取暖。他爬下來，急忙往車廂裡尋找那美麗的少女。哎呀！那郵車不但沒有門，連車廂也沒有——只是個空殼子而已。

當然，伯父很清楚這件事一定有什麼神祕的地方，他一直堅守著對那名美麗少女所發的重誓，還為了她拒絕了幾個頗具姿色的老闆娘，到死都還是光棍一個。

他常說因為他偶然爬過柵欄這個單純的舉動，發現了郵車和馬的鬼魂，還有車長、車夫和那些習慣每夜出去旅行的乘客們的鬼魂，這是多不可思議的遭遇啊！他深信自己是這些旅客中唯一的活人。我認為他說得沒錯，紳士們，至少我從來都沒聽說過還有別人呢。

「我在想，鬼在這些郵車的郵包裡裝了些什麼東西？」全神貫注地聽完整個故事的旅館老闆說。

「當然是死人的信！」旅行推銷員說。

「哦，也對！說真的，我倒沒想過這一點。」老闆答。

03

幽靈的誘惑

那是德國一座非常古老的城堡，可能因為它太古老，所以彌漫著詭異的氣氛。風一吹，城堡就會發出轟隆隆的可怕聲響，周圍的樹林也會附和著發出沙沙的聲音。夜間的城堡在月光的照射下，寬闊的走廊與通道都變得格外清晰，讓人忘記了那些月光照射不到的角落。

這座城堡屬於喬治維格家族的范高威特男爵，擁有這樣一座氣氛詭異的城堡，我甚至曾經懷疑喬治維格家族的祖先是不是一度因為缺錢而襲擊過一位夜晚問路的旅人，但是我卻很難讓自己相信這些事情真的發生過。因為我相信男爵的祖先在事後一定會對自己的行為感到後悔，然後親手建造一座教堂以表懺悔，並向上天承諾絕不會再做任何罪惡的事情，需要補充的是，他建造教堂的材料是從另一位懦弱的男爵那裡搬運的。

每當我提到男爵的祖先，范高威特男爵總對我強調他的家族有多麼風光，希望我能充分尊重他的家族。當然我確信男爵確實有非常多的祖先，但那麼多的祖先怎麼可能每一個都是一樣的呢。儘管現在不論是補鞋匠，還是一些粗魯的平民都有很多的家族親戚，但三、四百年前的貴族可不像現代人這樣具有開枝散葉的血緣關係，在當時來說，范高威特男爵擁有十分複雜的家世背景。

當然這些都不是重點，重點是我接下來要說的一個故事，一個關於喬治維格家族的范高威特男爵的故事。

范高威特男爵有著一頭烏黑茂密的頭髮、黝黑的皮膚和一把相當有特點的大鬍子。他喜歡狩獵，總是穿著綠色的衣服、黃褐色的靴子，然後在肩上掛上軍號，這樣的裝扮使他看上去像是一名驛站的警備員。只要他一吹響軍號，就有大約二十四個穿著粗糙的綠色軍服和黃褐色靴子的士兵列隊疾馳而來。

這些士兵經常和男爵一起狩獵，這無論是對男爵還是對那些士兵來說都是一段快樂的時光，尤其是遇到熊的時候，男爵總會一馬當先地殺了它，然後用熊的油脂來潤滑自己的鬍子。

每天晚上，男爵都和他的士兵聚在一起喝萊茵酒，有時候乾脆叫一大桶酒來喝，盡興之後，他們再一起醉倒在桌子上。直到地上堆滿酒瓶，他們才結束這一夜的狂歡。

雖然這樣的日子簡直快樂賽神仙，但范高威特男爵很快就厭倦了。每天和同樣的二十四個人待在一起，總是做著同樣的事情，討論同樣的話題，說著一成不變的故事，怎麼可能不厭倦？他開始尋求一些變化或刺激，以使他的生活變得有趣起來。一開始，他選擇和他的士兵吵架，或者在晚餐之後狠狠地毆打幾名士兵。這確實有些作用，但這也僅僅維持了一個星期。之後，他對激情的渴望更加強烈了。

一天，范高威特男爵在狩獵時獵殺了一頭熊，這使他贏了和尼祿德林威的狩獵競技，勝利的喜悅感充斥著男爵的胸膛，他興高采烈地回到了城堡。遺憾的是，這種愉快的感覺並沒有持續很久。當天晚上聚會時，他無聊地坐在桌子的首位上，大口喝酒，一邊喝一邊不滿足地看著屋頂。

范高威特男爵越喝越多，同時他的眉頭也越鎖越深。坐在他左右的兩位士兵看到主人這樣的狀態大氣也不敢喘，因為最近一段時間男爵的脾氣確實是不太好，於是他們也像男爵那樣皺著眉頭大口地喝酒，雖然他們的內心忐忑不安。

喝得醉醺醺的男爵突然大哭起來，他一邊用自己的右手敲擊著桌面，用左手撚著自己的鬍子，一邊大聲地叫嚷著要找范高維特夫人，讓她來陪他喝酒。

聽到他的話，二十四位士兵的臉色瞬間變得蒼白，一動也不敢動。「快去找范高威特夫人！我說找范高威特夫人！」剛剛才喝下二十四杯大容量的德國白葡萄酒的士兵們只能跟著他叫嚷著要去找范高威特夫人，同時眨著眼睛示意他們完全不明白男爵的意圖。

「她是范史威霍森男爵的女兒，我要讓她在明天太陽下山之前答應嫁給我，范史威霍森要是敢拒絕，就砍斷他的鼻子。」

就這樣他們派出一位信差，將范高威特男爵的意思傳達給了范史威霍森男爵，並限他明天早晨之前給出回答。其實這是一個不明智的決定，當然也不是說男爵不應該結婚，而是他應該更謹慎和虔誠地對待這件事。

想像一下，如果范史威霍森男爵的女兒或是發狂的，或是跪在她父親腳下，淚如泉湧地告訴她的父親她已經心有所屬了，那麼很有可能，范高威特男爵的故事就到此結束了，因為范史威霍森男爵會從窗戶侵入男爵的城堡，然後攻擊他。因為這個時候的男爵和他的士兵們都已經醉倒了。

幸運的是，那位美麗的少女還沒有心上人，她透過窗戶的縫隙，看到了向她求婚的男人——一個騎在馬上，有著黑頭髮、黑皮膚的大鬍子，於是她立刻告訴她的父親，她願意嫁給這個男人，願意犧牲自己來保護父親的平靜生活。

於是，一場盛大的婚禮當天就在范史威霍森男爵的城堡中舉行了，范高威特家的二十四位士兵和范史威霍森家的十二位士兵們，一起開懷暢飲，揚言要喝掉所有的酒，因為在「酒杯裡養魚」可不是男人該做的事。他們一直喝到臉跟鼻子全部通紅才慢慢罷手，然後范高威特男爵帶著他的新娘與士兵們一起興高采烈地騎著馬回到了自己的城堡。

他們大約興高采烈地暢飲了六週，這段時間范高威特男爵停止了一切的狩獵活動，並且在他今後的人生中也再沒有這項娛樂了，因為男爵夫人認為那些士兵實在是粗俗、吵鬧。有時男爵夫人恨不得解散他們，但男爵可不願意，畢竟那是他的狩獵隊。

沒有被丈夫取悅的男爵夫人號啕大哭，昏厥在男爵的腳下。范高威特男爵一下子慌了手腳，他找來夫人的婢女，傳喚了醫生，教訓了兩個吵鬧的士兵，最後他妥協了，攆走了所有的士兵。

事實證明，妻子牽著老公走是非常正常的事，就像每四個已婚議員當中就有三個必須聽從太太的意見而非自己的意見來投票一樣。范高威特男爵夫人就是一名這樣的妻子，范高威特男爵就是這樣的一名丈夫，他被男爵夫人管理得服服貼貼的，就因為這樣，他的很多舊嗜好全在男爵夫人的干預下漸漸失去。

日子一天天過去了，這一年范高威特男爵四十八歲了，他已經變成一個體態臃腫卻也算健壯的男人。現在的他不再舉辦宴會，不再尋歡作樂，也不再讓人陪他去狩獵。他不做任何他曾經喜歡的事，雖然他現在依然堅強無畏，依然勇猛不減，但是在喬治維格城堡中，他常常受到男爵夫人的斥責、奚落。

男爵的不幸不僅如此。每一年的結婚紀念日對范高威特男爵來說如同一個災難日，因為范高威特男爵的岳母會因擔心自己的女兒來到喬治維格城堡，一邊監督男爵的家務，一邊為女兒哭泣。一旦范高威特男爵對她的無理取鬧忍受不了的時候，她就會大膽表示說：「我的女兒並不比其他男爵夫人過得差，怎麼能過這樣的日子。」但是范高威特男爵的反抗通常只能招來岳母更激烈的斥責，說他是一個經常讓妻子痛苦流淚的冷血畜生。可憐的范高威特男爵對於這些莫須有的指控只能默默地承受，以致他常常精神不佳，毫無食欲。

男爵的另一個不幸則是從他結婚以後一直延續著的。在結婚後一年，他有了一個健壯活潑的兒子。那時男爵感到十分高興，喝酒狂歡，在城堡裡燃放許多煙火。一年之後他又有了一個女兒，再隔一年他又有了一個兒子，然後又一個女兒，就這樣男爵不斷地有著兒子或者女兒，有一年甚至還生了一對雙胞胎，不知不覺中男爵有了十三個子女。

范高威特男爵的日子就在這樣陰鬱沮喪中一年一年地過去了，現在他是一個負債累累的貴族。范史威霍森家族一直認為喬治維格的金庫是取之不竭的，可事實上范高威特男爵為了照顧妻子的娘家以及養育眾多的子女，已經花費了大量的金錢，現在他的金庫只剩下蜘蛛網了。所以，當范高威特夫人準備生下第十四個孩子時，他變得更加憂慮了。

沮喪的男爵想要結束自己的生命，於是他從壁櫥中抽出以前狩獵時用的刀，將刀指向了自己的喉嚨。就在刀尖馬上就要刺破脖子的時候，他停住了，他覺得刀子應該磨得再鋒利一點，那樣才不會痛。

當他磨好刀子，再度將刀尖指向自己的喉嚨時，他聽見了樓上孩子們的叫聲。「真希望我還是個單身漢，這樣我就可以毫不猶豫地下手。」男爵心裡想。「來人！把最大桶的酒拿到地窖去，再拿一瓶紅酒。」一位僕人走進來執行男爵的命令。

男爵獨自一人來到地窖中，壁爐中的木柴發出點點微光。男爵遣走僕人，留下燭火，鎖上了門。他決定在這裡抽完最後一支雪茄，然後靜靜地離開人世。

他躺在沙發上，在火爐前伸直雙腳，把刀放在桌上，一邊抽著菸，一邊大口地喝著葡萄酒，回憶起他從前的生活——他黃金單身漢的日子。他想起了那二十四個被他趕走的士兵，從前他們一起追逐熊與野豬的美好時光。他不知道他們現在過得怎麼樣，只知道有兩個人被砍了頭，還有四位酗酒而死。再次睜開眼睛時，他突然覺得自己不那麼孤獨了。

這時他看見屋子中有一個人影，那應該是一個人。他有一張枯槁的灰色長臉，滿臉的皺紋，眼珠凹陷，目露狠光，一頭鋸齒狀的黑色粗髮，身穿一件深藍色的短上衣，坐在火爐的對面交疊著雙手。男爵發現那個人衣服的正面部分的裝飾是棺材狀的柄形扣環，他的雙腳像是穿著盔甲一樣躺在棺木裡，他的斗篷像是用剩餘柩衣拼湊的。他對男爵的注視毫不理睬，只是專心地看著火爐。

男爵向他打了招呼，然後問：「你是誰，你是怎麼進來的？」

那個人說：「當然是從門口進來的。」

「你是什麼人？」

「男人。」

「我不信。」

「不信就算了。」那個人看著男爵，又說道：「我不是男人。」

「那你是什麼？」

「天才，沮喪與自殺的天才。」然後他把自己的斗篷丟到一旁，向男爵展示他的身體。男爵看到一根棍棒直直地穿過了他身體的中央，或者我們應該叫他「幽靈」。幽靈將棍子從身體裡拉出來，放在在桌上，動作非常自然，就像拉開拉鍊一樣容易。

「現在，你準備好要自殺了嗎？」

「還沒，我想先抽支雪茄。怎麼，你很急嗎？」

「當然，我的時間相當寶貴。」

「要不要喝一杯？」

「十天，我有九天都在喝酒。」幽靈一邊說，一邊玩著自己身上的棍棒，

「你應該動作越快越好，還有很多人需要我的。有一位年輕紳士正苦於有太多錢而抑鬱寡歡。」

「居然有人因為有錢而不想活！哈……哈……這是我這些年聽過最好笑的一句話。」

「別笑了，你這樣會讓我難受。多些時間歎氣我會好過些。」

「也許，因為不愁錢而自殺是個不錯的主意。」男爵很快恢復了情緒，歎了一口氣。

「呸！不會比一個因為貧窮而自殺的人聰明到哪裡去！」

男爵聽了他的這句話之後，停下了握住刀子的手，睜大眼睛，彷彿看到了光亮一樣。突然，男爵意識到，沒有什麼事是壞到必須要選擇自殺的。

無論幽靈是用空無一物的金庫，還是專橫的太太，或者是那十三個孩子來刺激男爵，男爵總能從這些往日的負擔和壓力中看到光明。他告訴幽靈，他的金庫總有一天會再度充滿金錢，他的妻子總有一天會安靜下來，至於他的孩子們，那絕對不是個錯誤。

幽靈猙獰地要求男爵立刻去死。而現在的男爵已經豁然開朗了，他知道這個世界沉悶無趣，但他不想去幽靈的世界。男爵承認，以前他從未認真想過要是自己離開這個世界，會不會過得更好。但是現在他明白了，他不會再讓自己籠罩在悲傷中。

面對著憤怒地叫囂著讓男爵自殺的幽靈，男爵回以大聲的狂笑。幽靈默默地向後退著，恐懼地望著男爵，然後他拿起自己手中的棍棒，猛地刺向自己的身體，然後在一聲淒慘的號叫聲中消失不見了。

從這以後，范高威特男爵再也沒見過幽靈。在他去世時，他雖然不如當初富有，但度過了愉快的一生。他有許多子孫，他們都像他一樣非常擅長狩獵。

我給大家講述這個故事，就是想要告訴所有的人——嘗試著尋找那些生命中最美好的畫面，並慢慢去發現生活中的美好，然後再讀一次范高威特男爵的故事。

Charles
Dickens

04

聖誕頌歌

斯克魯吉在他經常去的酒館裡憂鬱地吃著晚飯。他看完了酒館裡所有的報紙後，欣賞了一下自己的銀行存摺，就回家去睡覺了。

他住在死去的合夥人家裡。那幢房子陰森地佇立在那兒，不禁讓人猜想，它是在年輕的時候，和別的房子玩捉迷藏才躲到這裡來。

它看上去很老也十分寒酸，迷霧和寒氣彌漫在老房子的正門口，門上的門環沒有絲毫特殊的地方，只不過有點大。院子裡很暗，暗得即使是瞭解這兒每一塊石頭的斯克魯吉，也不得不雙手摸索著前進。

自從斯克魯吉住到這地方以來，他每天早晚都會不自覺地看著那個門環，這是實實在在的事。還有一個事實：斯克魯吉缺乏想像力，正像倫敦城裡的任何人一樣，甚至包括——斗膽說一句——市政當局、高級市政官和同業工會會員。

有一點大家也應該記住，就是斯克魯吉自從那天下午提到了他那死了七年的合夥人馬萊以後，便再也沒有想起過他。好，現在隨便請哪一位，給我解釋一下事情是怎麼發生的：斯克魯吉把鑰匙插進門鎖以後，看到那個門環，沒有經過任何中間的變化過程，就變成了馬萊的臉！

馬萊的臉不像院子裡其他東西那樣是看不透的陰影，好像黑暗的地窖裡一隻壞掉的龍蝦。這張臉並不猙獰兇惡，而是和他生前看斯克魯吉的表情一樣。他的頭髮奇怪地飄動著，一雙眼睛睜得大大的，一眨也不眨。這副神情加上青灰的臉色，怎能不叫人害怕？不過這其中的可怕似乎不僅僅是一張臉能控制的……

正當斯克魯吉盯著這個幻影，想要看得更仔細的時候，它又變回了門環。要是說他沒有嚇一跳，那是不可能的。然而他還是把剛才縮回去的手伸到鑰匙上，堅定不移地一旋，走進屋子，點亮了蠟燭。

在關上屋門之前，他猶豫地站立了片刻，並小心翼翼地先打量了門背後一番，然而，門背後除了釘住那只門環的螺絲帽外，什麼也沒有。他嘴裡嚷著「呸！呸」，同時把門砰的一聲關上。

這聲音像打雷一樣在整幢房屋裡迴響。樓上的每間屋子，以及樓下地窖裡的每一隻酒桶，都似乎有一陣回音。不過，斯克魯吉可不是那種會被回音嚇倒的人。他把門閂上，經過穿堂，慢慢地走上樓梯，一邊走一邊修剪蠟燭芯。

樓梯雖然陳舊卻足夠寬，斯克魯吉往樓上走，毫不介意樓道的黑暗。不過他在關上自己那厚重的房門之前，還是先巡視了各個房間，看看是否一切都安然無恙。那張臉給他的印象足以促使他這樣做。

起居室、臥室，一如既往。沒有人躲在桌子底下，也沒有人躲在沙發底下，壁爐裡生著火，湯匙和餐盤放得好好的，一小鍋燕麥粥（斯克魯吉在淌鼻涕）放在爐旁鐵架上。沒有人躲在床底下，沒有人躲在廁所裡，也沒有人躲在那件掛在牆上、形跡可疑的睡袍裡。儲藏室裡舊的火爐欄、舊的鞋子、兩只魚筐、一個三角臉盆架，還有一根撥火棒，也毫無異象，於是他心滿意足地關上房門，用兩道鎖把自己鎖在了裡邊。

他終於解下圍巾，穿上睡袍和拖鞋，並戴上睡帽，在爐火前坐下來吃燕麥粥。屋裡的爐火非常小，於是他不得不挨近爐火坐著。

這個壁爐很古舊，是很久以前某個荷蘭商人造的，壁爐周圍別出心裁地鋪著用荷蘭花磚拼成的聖經故事圖案。圖案中有該隱和亞伯、法老的幾個女兒、希巴女王、駕著羽毛褥墊般的雲朵從空中降下的小天使，亞伯拉罕、伯沙撒和起航出海的使徒們千姿百態，栩栩如生。然而就在這時，死了七年的馬萊的那張臉跑了出來。

「胡鬧！」斯克魯吉一面說著，一面往房間另一頭走去。走了幾個來回後，他才又坐下來，把頭靠在椅背上。這時候，他的視線忽然接觸到一只鈴鐺，以前這只鈴鐺是專門用來和這屋子最高一層樓上的一個房間聯繫的，現在已經不用了。

此時，他感到一種詭異的、不可名狀的恐怖。那只鈴鐺開始慢慢晃蕩起來，一開始蕩得很輕，簡直沒有一點聲音，可是不久就響亮起來，連帶著整幢屋子裡所有的鈴鐺都響起來。

鈴聲可能持續響了半分鐘，也可能一分鐘，甚至好像響了一小時那麼久。剛停了一會兒，鈴鐺又像之前那樣響起來，過一會兒又靜了下來。

接著，從地窖裡傳來陣陣噪音，好像有誰拖著一根沉重的鐵鏈條。斯克魯吉忽然想起曾聽人說過，鬼屋裡的鬼怪就是拖著鐵鏈條的。

地窖的門「砰」的一聲被撞開了，斯克魯吉聽見樓底下的聲音更響了，似乎爬上樓梯，直直地朝他的房間來了。

「真是胡鬧！我才不相信呢。」斯克魯吉嘴上那麼說，臉色卻不受控制地變了。

那東西一直穿過厚重的房門，走進屋子，來到他面前。與此同時，那奄奄一息的火苗突然躥了上來，好像在說：「我認識他！他是馬萊的鬼魂啊！」然後就又恢復了剛開始的狀態。

還是那張臉，一模一樣。馬萊紮著辮子，穿著經常穿的背心、緊身衣褲和皮靴。皮靴上的流蘇像他的辮子，上衣的下擺和他的頭髮一樣，是翹起來的。

他拖著的鏈條很長，像一條尾巴盤繞在身上，構成那鏈條的東西（斯克魯吉看得很仔細）有銀箱、鑰匙、掛鎖、帳簿、契據，以及沉重的鋼製錢袋。他的軀體是透明的，因此，斯克魯吉看穿了他的背心，看到他上衣後面的兩顆鈕扣。

斯克魯吉過去常常聽見人們說馬萊沒有內臟，直到現在親眼看見他才相信這句話。不對，即使現在他也不相信。雖然他把那個站在眼前的幻象看得十分透徹，雖然他感覺到那死人的冰冷的眼睛寒光颼颼，並且注意到那塊從頭包到下巴的方巾的質地——他先前可沒有看到這塊包巾，但他還是不相信，並且和自己的直覺鬥爭著。

「喂！怎麼啦！你來找我幹嗎？」斯克魯吉用像往常一樣刻薄和冷酷的聲調說。

「許多事！」是馬萊的聲音，毫無疑問。

「你是誰？」

「你該問我過去是誰？」

「那麼你過去是誰？你真愛挑字眼兒——就一個陰魂而言。」斯克魯吉說。

「我生前是你的合夥人雅各・馬萊。」

「你能⋯你能坐下來嗎？」斯克魯吉問道，同時懷疑地看著他。

「我能。」

「那麼，坐吧。」斯克魯吉之所以問這個問題，是因為他不知道這樣一位透明的鬼魂到底能不能在椅子上坐下來，如果不能，那鬼魂就有必要做一番尷尬的解釋。

「你不相信我。」鬼魂判斷說。

「我不相信。」斯克魯吉說。

「除了憑你的知覺外，你還要憑什麼才能相信我的真實性呢？」

「我不知道。」斯克魯吉說。

「你為什麼懷疑你的知覺呢？」

「因為，有一點點小事情就會影響我的知覺。胃裡稍微有些不舒服，我的知覺就會靠不住。你可能就是一小口沒有消化掉的牛肉、一抹芥末醬、一小片乾乳酪，或者一小片半生不熟的土豆。不管你是什麼東西吧，你是油葷的成分總是比游魂的成分多！」

斯克魯吉並沒有多少講笑話的習慣，這種時候，他心裡實在也沒有一絲一毫打趣逗樂的想法。事實上，他故意把話說得很漂亮，來作為一種分散自己注意力的方式，並且鎮住自己的恐怖感，因為那種古怪的聲音已經讓他覺得骨髓裡都惶恐不安了。

像這樣坐著，不聲不響地對著那雙直愣愣的、玻璃球似的眼睛，斯克魯吉覺得真是太糟糕了，何況鬼魂身上散發出的那種地獄般陰森的氣息也讓人渾身不舒服。馬萊本人當然感覺不到這一點，然而這是很顯然的事，因為雖然鬼魂紋絲不動地坐在那兒，但它的頭髮、上衣的下擺和皮靴上的流蘇都在漂浮，就好像被爐灶裡的熱氣吹著似的。

「你看得見這根牙籤嗎？」斯克魯吉為了把這個幻影木然無情的凝視從自己身上移開，哪怕移開一秒鐘也好，重新轉入攻勢。

「我看得見。」鬼魂回答。

「你並沒有朝它看。」斯克魯吉說。

「儘管沒有朝它看，可是我看得見。」鬼魂說。

「好吧！只要把這個吞到肚子裡去，我這後半輩子，就會受到自己製造的一大群妖魔鬼怪的困擾。胡鬧，我跟你說吧——胡鬧！」斯克魯吉吼道。

鬼魂一聽到這句話，便發出一聲可怕的喊叫，同時晃動著他身上的鏈條，聲響是那樣陰森、恐怖，斯克魯吉不得不緊緊地抓住座椅，以免昏厥倒地。然而一切才剛剛開始，只見鬼魂解下纏在頭上的繃帶，將他的下巴頦垂到胸前！

斯克魯吉雙膝下跪，十指交叉地擋在臉前嘀咕道：「天哪！可怕的幽靈啊，你為什麼和我過不去？」

「世俗之人！你到底相不相信我？」

「我相信，我相信，不過為什麼幽靈們到世上來走動，你又為什麼來找我？」斯克魯吉說。

「對於每一個人來說，他軀體裡的靈魂都必須出去到他的同類之間到處行走，遊遍四面八方。要是生前他的靈魂沒有走動，那麼死後就要罰他這樣做。他的靈魂註定要浪跡天下──哦，我真不幸啊！還要眼睜睜地看著那些本來可以在世上享受，現在卻分享不到的事物！」鬼魂又發出一聲哀號，晃動著鏈條，搓著自己的雙手。

「你為什麼上著腳鐐和手銬？」

「我心甘情願地把它纏繞在身上，心甘情願地佩戴它，這是我生前自己一環一環鍛造的鏈條。難道你對這樣式陌生嗎？」

斯克魯吉顫抖得更厲害了。

「你是否願意知道，你自己身上纏繞著的那根東西有多重，有多長？七年前耶誕節的時候，它就足足有我這根這樣重、這樣長了。從那時候起，你又在那上面花了不少精力，現在它已經是一根極其沉重的鏈條了！」

斯克魯吉看看他周圍的地板，想找找那根所謂的鐵鍊是否圍繞著他，但是他什麼也沒有看到。

「雅各，老雅各・馬萊，說些安慰我的話吧，雅各。」他哀求道。

「我沒有這種話好講，埃比尼澤・斯克魯吉，安慰要從另外一個世界，由另外一些使者傳送給另外一類人。我也不能把我想告訴你的話都告訴你，允許我說的話只剩下很少了。我不能休息，我不能耽擱，我也不能在任何地方逗留。過去，我的靈魂從來沒有走出我們的帳房——注意我的話！生前，我的靈魂從來沒有越過我們那銀錢兌換的窗口，而現在那令人厭倦的遊蕩行程就展示在我的面前！」鬼魂回答。

斯克魯吉有一個習慣，每當他思考問題的時候，總要把雙手插在褲子口袋裡。這一會兒他又這樣做了，思索著鬼魂剛才說的話，不過他沒有抬起眼睛，仍然沒有站起來。

「你的行程一定很慢，雅各。」斯克魯吉說。他帶著一種一本正經的神情，雖然也帶著謙卑和恭敬。

「慢！」鬼魂重複他的話。

「死了七年，你用所有的時間旅行了？」斯克魯吉揣測著。

「全部時間，沒有休息，沒有安寧，受到永無休止的悔恨的折磨。」

「你走得快嗎？」斯克魯吉問。

「駕著風的翅膀。」

「七年之中，你大概已經走過很多地方了。」

鬼魂聽到這句話，又發出一聲喊叫，同時把鏈條在死一般靜寂的黑夜中弄得噹啷作響，讓人不禁打個寒顫。

「我拴著，綁著，戴著雙重的腳鐐和手銬啊，不懂得那些不朽的人物千百年來為這個世界所進行的無休止的勞動，在其好處完全發揚光大以前，就會消失在永恆中；不懂得任何一個善良的基督教靈魂在小小的範圍內工作，不管那是什麼工作，都會覺得有限的生命太短，不夠發揮自己有益的作用；不懂得一生中的機會錯過以後，就沒有辦法讓後悔來彌補損失。我過去就是那樣！就是那樣！」鬼魂說道。

「不過你過去一直是一位很好的生意人，雅各。」斯克魯吉結結巴巴地說，他現在開始把這句話應用到自己身上。

「生意？人類才是我的生意，公眾福利才是我的生意，慈善、憐憫、寬厚和仁愛這一切才是我的生意。」說著，鬼魂伸直手臂，舉起鏈條，好像這就是一切徒勞無益的悲傷的根源，然後又把鏈條重重地扔在地上。

斯克魯吉感到不勝惶恐，劇烈地戰慄起來。

「聽我說！我的時間快要完了。」

「我聽著，不過不要對我太嚴厲！不要說得這麼恐怖，雅各！我求求你！」

「我不打算告訴你，我真應該像以前一樣悄無聲息地坐在你的身旁，不應該用這種你看得見的形式出現在你面前。」

這可不是叫人好受的話語，斯克魯吉打著寒噤，抹去額頭上的汗珠。

「我的贖罪苦刑並不輕鬆，今天晚上到這兒來是警告你，你還有機會和希望避免跟我一樣的命運。這機會和希望是我設法給你帶來的，埃比尼澤。」鬼魂接著說。

「你一直是我的好朋友，謝謝你。」斯克魯吉說。

「你將要被三位精靈糾纏。」鬼魂繼續說。

斯克魯吉拉長了臉，用結結巴巴的聲音追問：「難道這就是你說的機會和希望嗎，雅各？」

「是的。」

「我——我想我寧可不要。」斯克魯吉說。

「要是沒有它們來訪，你就不能奢望避免我現在的經歷。明晚時鐘敲響一點的時候，你等著頭一位來訪者吧。」

「我不能讓它們一起來，讓這事就此一次了結嗎，雅各？」

「後天夜晚同一時刻等著第二位，大後天夜晚十二點的鐘聲最後一響停止的時候，是第三位。別想再看見我，為了你自己，你要記住我們的這次會面！」

鬼魂說完這段話，就從桌子上拿起包巾像原來那樣把頭裹起來。斯克魯吉聽到鬼魂的上下頜纏合在一起時牙齒發出的刺耳響聲。他鼓起勇氣抬起眼睛，只見鬼魂直挺挺地站在他面前，把鏈條一圈圈地繞在手臂上。

然後鬼魂開始往後退，每退一步，窗戶就自動升起一點，因此，當他退到窗戶旁時，窗戶已經大開。鬼魂招呼斯克魯吉走過去，他聽從了。走到彼此相隔不到兩步的時候，鬼魂舉起手來，示意他不要再靠近，斯克魯吉立即站住了。

這與其說是服從，還不如說是出於驚訝和恐懼，因為在那隻手舉起來的時候，他聽到從空中傳來的嘈雜聲。那是斷斷續續的哀悼和悔恨的聲音，是無法形容的悲傷和自怨自艾的哭泣。鬼魂靜聽了一會兒後，就飄到窗外那淒涼而又黑暗的夜空中。

斯克魯吉跟到窗口，好奇心使他不顧一切向外望去。空中佈滿了各種惶恐不安的幻象，匆匆忙忙地飄來蕩去，一面走，一面呻吟著。

每一個幻象都像馬萊的鬼魂那樣帶著鏈條，有的幾個（可能是犯了罪的官吏）被鎖在一起，沒有一個是自由的，有不少在世時還是斯克魯吉認識的。其中一個老鬼魂穿著一件白背心，腳踝上縛著一個巨大的鐵質保險箱，他看見石階上坐著一個懷抱嬰兒的女人，他因無法幫助她，而傷心地哭泣著。很明顯，這些鬼魂的痛苦在於他們想善意地干涉人間的事務，可是已經永遠喪失了這種能力。

究竟是這些東西漸漸消失在迷霧之中，還是迷霧吞沒了他們，斯克魯吉也分不清楚。他們連同他們靈魂的聲音一起消失了，黑夜變得和斯克魯吉剛回家的時候一樣安靜。

斯克魯吉關上窗戶，然後查看鬼魂到底是從哪兒進來的。門還是像他親手鎖上時那樣，是兩把鎖鎖著的，門閂也沒有被動過。他正想說一聲「胡鬧」，可是剛說了一個字就頓住了。

由於他剛才情緒太過激動，或者由於白天的疲勞，或者由於他瞥見了那個冥冥的世界，或者由於和那個鬼魂乏味的談話，或者由於時間太晚，他現在十分需要休息，他直直地走到床邊，衣服也沒脫，一倒下去便睡著了。

05 信號人

當聽到有個聲音在呼喚他的時候，他正站在值班亭的門口，手中拿著一面小旗。考慮到這個地方的特點，有人可能會想，他將毫不猶豫地判斷出聲音來自何處，但是，他並沒有抬頭望向我站立的地方，而是四處打量，然後又低頭看著鐵軌。他這一行為顯然有些不平常，但我也說不出那是什麼。我在他上方，沐浴在落日強烈的餘暉中，用手遮住陽光看他。

「嗨！下面！有沒有小路可以讓我下去跟你說話啊？」

他緊盯著鐵軌轉了一圈，然後抬起眼睛，看到了在他上方的我，沒有回答。我低頭看著他，也不再重複我那無聊的問題來催促他。就在這時，大地上和空氣中出現了一陣模糊的顫動，很快地演變成一種猛烈的震動——一列火車呼嘯而過。火車經過時，一陣水蒸氣在我面前升騰，隨後四下消散了。我又一次向下面看去，看見他正把剛才火車經過時他拿出來的那面小旗子捲起來。

我重複了我的詢問。他用捲起來的小旗子指著我所在水平面上的一點，大約兩三百碼的距離。我對著他喊道：「好了！」我仔細地四下察看，發現有一條小路蜿蜒而下，隨即踏上了那條小路。

這條路實在是又險又陡，在一堆潮濕的石塊中盤行，我順路而下，泥濘而濕漉。我發現這條小路之長，足以讓我回想起他剛才給我指路時的那份勉強與不情願。

當我走下小路時，我看見他站在列車剛剛穿行而過的鐵軌之間，那神情彷彿在等著我的出現。他右手橫抱在胸前，托著左手手肘，左手則撐著下巴，看上去既期待又警覺。我不禁停頓了一會兒，驚訝於他這樣的態度。

我從小路走下來，踏上了鐵道兩邊的沙石。越來越接近他了，他是一個面色深黃的男人，有著黑色的鬍鬚和濃重的眉毛，他是我見過感覺最孤獨、陰沉的人。

路兩邊是凹凸不平的、濕乎乎的牆壁，除了頭頂的一線天空外什麼都看不到，前方的道路只是這一巨大地牢的曲折延伸，另一端的道路盡頭是一片暗紅色的燈光，通向一條陰暗的隧道，那巨大的建築充斥著陰森、壓抑、可怕的氣氛。陽光極少能照進這裡，因而這裡散發著一股泥土的味道，陣陣冷風呼嘯而過，令我感覺寒冷，好像脫離了人世一樣。

在他移動前，我已經站在他面前，伸出手就能碰到他；從未將視線從我身上移開過的他向後退了一步，舉起一隻手。

「這可是一個寂寞的工作。」我說。當我從遠處收回目光時，眼前的這個人牢牢地吸引了我的注意力。我想，這裡鮮有來訪者，我應該不會是個不速之客吧？對於他，我只是一個曾經被封閉在狹小空間中的人，現在獲得了自由，並對這偉大的工作產生了興趣。我帶著敬畏和他說話，但是我對自己使用的術語實在沒有把握，因為這男人身上的一些東西令我喪失了勇氣。

他十分好奇地注視著隧道盡頭的紅光，上下打量著，就好像那上面少了些什麼，隨後目光又轉向我。難道那燈也是他的部分職責所在？

他聲音低沉地回答：「難道你不知道它也歸我管？」

當我解讀著他固執的眼神和陰鬱的面容時，我的腦中出現了可怕的想法，這不是人，而是一個幽靈。這時我開始思考，他的大腦是不是有什麼病。

現在，輪到我向後退了。但是，在我向後退的時候，我從他的眼中發現了對我的恐懼，這一發現立刻趕跑了我先前的可怕想法。

「你好像很怕我的樣子。」我硬擠出一絲笑容。

「我很疑惑，我以前是不是見過你。」他回答說。

「在哪裡？」

他指向他一直盯著的那片紅色燈光。

「那裡？」

他很小心地提防著我，回答（但是無聲地）：「是的。」

「我的好兄弟，我會在那兒幹嘛呀？不管怎麼說，我從來沒去過那裡，你可以確信這一點。」

「我想我確信。是的，我確信。」

他看上去輕鬆起來，就像我一樣。他很爽快地回答我的問題，精心斟酌著字句。不是要在那兒幹很多活？是的。也就是說，他要承擔很大的責任，必須非常認真，具備高度警惕性，但差不多沒有什麼實際工作——花體力的——需要他去做，更換信號、調整燈光以及偶爾轉動這個鐵把手，就是他在這裡要做的全部工作。

對於我所提到的那些漫長而孤單的歲月，他只是說他的生活軌跡將自己塑造成了這樣，而且他已經習慣這種生活了。他在這裡自學了一種語言，如果僅僅是透過燈光傳遞信號也能被稱為一種語言的話；他還學習了分數和十進位，並嘗試了一點數學，雖然他一直以來都是一個拙於數字的人。

在值班的時候，他不需要一直待在潮濕的隧道中，在天氣晴朗的日子裡，他會選擇待在不這麼陰暗的地方。但是，在時時刻刻都要加以雙倍注意的電鈴聲中，他的這種放鬆恐怕比我想像的還要少。

他領著我走進他的蝸居，那裡有一個火堆，一張他用來學習理論書籍的桌子，一個有著刻度盤、面板和指標的電報裝置，以及他的一個搖鈴。我堅信他會說自己受過良好的教育，並且（我希望我沒有冒犯地說）可能還受過高於那個水準的教育，我注意到在大部分男人中幾乎都存在這種情況。這種情況一般發生在工作間、警察局，甚至在最令人絕望的地方——軍隊，但或多或少也會在鐵路隊伍中這樣。他說從小時候起（如果我能相信，但坐在那間小棚屋裡幾乎不可能）他就學習自然哲學和接觸文學，後來因為一些原因墮落了，從此再也沒有爬起來過，不過他從來沒有抱怨過那些。

我在這裡必須承認的是，他一直是勇敢、平靜地敘述這些的，不時地插進「先生」這個詞，特別是當他提及童年時。期間他被搖鈴打斷了好幾次，不得不停下來站到門外，在火車通過時揮舞旗子，還和駕駛員進行一些對話。不考慮他的職責，我注意到他非常精練而謹慎，他按音節來劃分他的話語，並且知道在工作完成前都要保持沉默。

一句話，我將這個男人定義為那一職位所能雇傭的最可靠的人之一。在他和我交談的過程中，他兩次神色落寞地打斷談話，回頭注視那個搖鈴，然後打開小棚屋的門，向隧道盡頭的紅色燈光張望。

當我站起來要道別時，我說：「你幾乎讓我感覺到遇到了一個正過著愜意生活的人。」

他面無表情，壓低了聲音說：「我想我曾經是的，但是，先生，我有麻煩了，我有麻煩。」

「什麼麻煩？你的苦惱是什麼？」我迅速對應起這個話題。

「這很難說清楚，先生。如果你能再次來看我的話，我會試著告訴你。」

「我當然想再來看你。那麼，什麼時候呢？」

「早上很早我就下班了，我明晚十點會再上班，先生。」

「我十一點到這裡。」

他對我說感謝，和我一起走出門。「我會打開白色燈光，先生，」他用他特有的低沉聲音說，「直到你找到上去的路。當你找到路時，別出聲！當你到上面的時候，也別出聲！」他的樣子讓我感覺這個地方更加陰冷，不過我只說了一句「好的」。

「而且當你明天晚上下來的時候，也別出聲！臨別前我想問你一個問題。是什麼讓你今晚來的時候大叫『嗨！下面』的？」

「天知道，我喊了一些帶有那個意思的話？」我說。

「不是帶著那個意思，先生。那是一些特別的話，我很熟悉它們。」

「我承認那是一些特別的話。我說出它們，毫無疑問，是因為我看見你在下面。」

「沒有別的原因了？」

「我應該有什麼別的原因嗎？」

「你沒有任何感覺那些話是透過一些非自然的方式傳達給你的？」

「沒有。」

他祝我晚安，然後打亮了燈光。我沿著火車來的方向走著（很不舒服地感覺好像有一列火車跟在我後面），直到找到了那條小路。上去比下來容易，我一路無事地回到了我住的小旅館。

第二天，我按著約定的時間準時來到前一天晚上的那個小路口，這時遠處的鐘聲敲響了。他正在下面等著我，並打亮了他的白燈。

「我沒有出聲，」當我們走到一起的時候我說，「現在我可以說話了嗎？」

「當然，先生。」

「晚安，這是我的手。」

「晚安，先生，這是我的。」我們手拉手肩併肩地走回他的小棚屋，進去之後關上門，坐在火堆旁。

「我已經決定了，先生，」我們一坐下來，他就前傾著身子用比耳語高一點的聲音說，「你不用再問我是什麼讓我煩惱了。昨天晚上我把你誤認為其他人了，我因此而煩惱。」

「他是誰？」

「我不知道。」

「長得像我？」

「我不知道。我從來沒有看過他的臉，他的左胳膊擋著臉，右胳膊揮舞著，瘋狂地揮舞著。就像這樣。」

我看著他的動作，那是一個手臂姿勢，帶著極大的激烈情緒，似乎在示意「看在上帝的分上，清掃道路」。

「一個有月光的晚上，我坐在這裡，聽見一個聲音大喊著：『喂！下面！』於是我站起來，從門口向外看，就看到那個人站在隧道附近的紅燈旁邊，向我剛才做給你看的那樣揮舞著胳膊。那嘶啞的聲音大叫著『當心！當心』，然後又一次地大叫『喂！下面！當心』。我打開燈，調成紅色，然後跑向那個人，問他：『怎麼了？出什麼事了？在哪裡？』他就站在隧道口處的黑暗中。我走近他，很奇怪他為什麼還用袖子捂著眼睛。我走過去，伸出手想把那袖子揭開，這時候他消失了。」

「走進了隧道？」我問。

「不。接著我跑進隧道五百米，站住了，把手中的燈舉過頭頂，看見標示標準距離的那些數字，還看到濕泥順著牆壁從拱頂滴落下來。我用比跑進來時更快的速度跑了出去（因為那個地方讓我有一種很可怕的感覺），用紅色的燈光仔細巡視，並登上鐵梯上到隧道頂部，然後又爬下來再次跑回這裡。我向鐵路兩個方向都發出電報，『發現警報。有什麼事不對勁嗎』。從兩邊傳來的答覆都是『一切正常』。」

我嘗試著說服他那個人影一定是他的視覺假象，以及那些數字如何引起視覺上的錯覺，這些錯覺時常困擾著某些病人，他們當中有些人對自己的痛苦變得十分敏感，甚至透過他們自身來證明這一點。「至於假想中的喊聲，當我們低聲說話的時候，仔細聽這個低谷裡的風聲，聽風猛烈地刮著電線的聲音。」

我們坐著聽了一會兒後，他說一切都非常正常，我想他應該瞭解了風和電線會造成聽覺失真——冬季漫長的夜晚裡，他坐在這裡伴隨著它們那麼長的時間。但是，他表示他還沒有說完。

我請他繼續說，然後他抓著我的胳膊，慢慢地說出了這番話。

「在那件事情發生後的六個小時裡，這條鐵路上令人難忘的事故發生了，十個小時後，傷者和死者從那個人站立的地方被抬出隧道。」

一陣可怕的顫抖爬滿我的全身，我盡自己最大的努力抗拒著。我回答道，不可否認，這是一個巧合，想要以此來影響他的想法。但我必須承認一點，於是我又說（因為我看出他要用反對意見來對我施壓），具有常識的人不會允許生活中發生這麼多的巧合。

他又一次表示他還沒有說完。

我又一次請他繼續他要說的話。

「還有，」他說，再一次抓著我的胳膊，眼神空洞地向上方看，「就發生在一年前。六、七個月過去了，我已經從驚訝和震驚中恢復過來，然而一個早晨，天剛剛亮的時候，我站在門邊，在紅燈旁邊又看到了那個鬼影。」他停了下來，眼神定定地看著我。

「他大聲叫喊著？」

「不。他很安靜。」

「他揮舞胳膊了？」

「沒有。他靠在燈杆上，雙手捂住臉，像這樣。」

我看他做著動作，那是一個悲慟的動作。我曾經在墳墓的石像上看到過這種動作。

「你向他走過去了？」

「我走回屋裡坐下來，一部分是想要試著整理我的思緒，一部分是因為他讓我覺得頭暈。當我再次走出門時，天色已經大亮，那個鬼影也不見了。」

「隨後有沒有事情發生？有沒有事情出現？」

他的雙手扣緊了我的胳膊，堅強地點著頭說：「那天，當一列火車從隧道裡出來的時候，我注意到在我這邊的一個火車視窗上好像有一堆模糊的頭和手臂在揮舞著。我剛看到這些就向駕駛員示意停車，他切斷火車動力，拉下煞車，但是火車從這裡滑行出去一百五十碼或更遠的距離。我跟在車後面跑的時候，聽見了可怕的叫聲和哭聲。一位年輕女士剛剛在其中一節車廂裡死了，屍體後來被搬到這裡，就放在你我之間的這塊地板上。」

當我看著他指的那塊地板時，我不禁把自己的椅子往後挪了挪。

「真的，先生，這是真的。它就是這麼發生的，所以我才告訴你。」

我想不出要說什麼，而且嘴巴裡頓時發澀，風和電線都為這個故事發出長長的悲鳴。

他又繼續說：「現在，先生，看看這些吧，我的精神受著怎麼樣的折磨。一個星期前，鬼影又回來了。從那時起，他就不時地出現在那裡，一陣一陣的。」

「在燈旁邊？」

「在危險指示燈旁邊。」

「看上去他想幹什麼？」

「他重複著之前的那個姿勢——好像在說『看在上帝的分上，清掃道路』。」他接著說，「我因為他而無法平復自己。他衝著我大喊『下面！當心』，並以一種極度痛苦的姿態持續了好幾分鐘，他站在那裡向我揮手。他還晃我的鈴鐺——」

我抓住了那句話：「我昨晚在這兒的時候他是不是搖動你的鈴鐺了，然後你走到門口？」

「兩次。」

「為什麼？看，你的幻想是怎麼誤導你的。我的眼睛就看著那鈴鐺，我的耳朵也聽著那個鈴鐺的聲音，而且我是一個大活人，它在那時候根本就沒有響。沒有，其他時候也沒有響。車站因為正常事宜聯繫你的時候，鈴鐺才會響。」

他搖著頭，「我從沒有犯過那樣的錯，先生。我從沒有混淆過鬼影搖晃的鈴鐺和人搖晃的鈴鐺。鬼鈴聲是一種奇怪的震動，沒有其他任何東西觸動它，我沒有說鈴鐺就在眼前晃動。我不知道你為什麼沒有聽到，但是我聽到了。」

「那麼，當你向外面看的時候，鬼影在嗎？」

「他就在那裡。」

「兩次都在？」

他肯定地回答：「兩次。」

「你願不願意現在陪我到門口一起看一看？」

他咬著上嘴唇，好像有些不願意，但還是站了起來。我打開門，站在台階上，他站在門道裡——危險指示燈就在那裡，那邊是陰沉的隧道口，另一頭是高高的、濕漉漉的石頭小路。

「你看到他了嗎？」我問他，特別觀察著他的面部表情。他的眼睛看向前方，非常緊張，但是並不比我看向指示燈的眼神緊張多少。

「沒有，」他回答，「他不在那裡。」

「同意。」我說。

我們走了回來，關上門，坐了下來。當他以一種十分肯定的口吻重新拾起話題時，我正在考慮怎樣才能最好地發展次此一優勢——如果這可以被稱為一種優勢的話——來假定我們之間可能根本不存在什麼問題。

「現在您就可以完全理解了，先生，」他說，「困擾我的就是這個問題，這個鬼影意味著什麼？」

我告訴他，我不確定是否完全理解了。

「這個鬼影又要警示什麼？」他沉思著，眼睛盯著火堆，偶爾看我一眼，「這次的危險是什麼？在哪裡？這條鐵路上的什麼地方存在著危險。某個可怕的事故將要發生，毫無疑問，這是第三次警示。這一殘酷的事實常常浮現在我腦中，我該怎麼辦？」

他掏出手帕，擦去前額上的汗水。

「如果我向鐵路的某一個或者兩個方向都發出電報示警，我將無法說明警示的原因，他們會認為我瘋了。事情會像這樣，資訊：『危險！注意！』回答：『什麼危險？在哪裡？』信息：『不知道。不過，看在上帝的分上，注意！』

他們會把我給撤換了，除此之外他們還能做什麼？」

他的痛苦顯而易見，這是一個精神上受到折磨的男人，他承擔著一種無法說清的對生命的責任。

「當那個鬼影第一次站在危險警示燈下的時候，」他接著說，並把他的黑色頭髮撫向腦後，雙手交叉著，處於極度悲傷之中，「為什麼不告訴我那個事故將在哪兒發生，如果它註定要發生的話？他第二次出現的時候為什麼不直接告訴我：『她會死，讓他們把她留在家中』？如果他來的那兩次只是為了告訴我他的警告是真實的，而且讓我準備著即將到來的第三次，那麼他為什麼現在不明白地告訴我呢？哦，上帝，救救我吧！在這個孤獨小站裡的可憐的信號員！我為什麼不去告訴那些能夠讓人們相信的，而且有能力採取行動的人呢？」

當我看到他這樣的時候，我知道為了他也是為了大家的安全，我此時要做的就是讓他的情緒穩定下來。因此，我把我們之間一切有關真實或不真實的問題都拋到一邊，對他說不論是撤換了誰都不會做得更好，而且至少他完全理解了自己的責任，儘管他沒能領會這些複雜的現象。

在這一點上，我比自己想像的還要成功地將他從自我負罪感中解脫出來。他冷靜下來，隨著夜越來越深，他的工作要求他更加集中注意力。我在凌晨兩點離開他那裡，我曾經提出來要留一整夜，但是他沒有接受我的意見。

我走在小路上的時候，不止一次地回頭看那紅色的燈光，我沒有理由忽視這一點——我不喜歡紅色燈光，而且我也不喜歡那兩件事故的結局，還有那個女士的死亡。我同樣沒有理由去忽視這一切。

但是我考慮最多的還是在我得知了這些事情之後該做些什麼？我已經知道這個男人是聰明、謹慎的了，但是他能在那樣的精神狀態下保持多久呢？儘管職務低下，他還是堅守著最重要的信念，那麼我（打個比方）是否願意將我自己的性命押在他還能夠繼續履行職責的偶然性上呢？

我無法克制地感覺到在我和他的交談中有一些不確定的內容，甚至他自己都未能明白。作為一種折衷方法，我最終決定提出來陪他（或者能夠暫時保守他的祕密）去我們那個地區最好的醫生那裡，聽一聽醫生的意見。第二天晚上，他的值班時間改變了，他告訴我，在日出前一、兩個小時他就下班了，日落之後才會再上班。因此，我和他約定再次去探望他。

第二天晚上是一個可愛的夜晚，我早早地出了門，一邊走一邊欣賞夜色。當我穿越那條小路旁邊的田野時，太陽還沒有完全落下。我大約散步了一小時，對自己說——走半個小時，然後花半個小時回去，那就正好來得及去信號人那裡。

在我開始散步前，我站在山崖邊，向下看去，第一眼就看到了他。我無法描述我產生的那種顫抖，在隧道口，我看到一個男人的身影，他用左手的衣袖蒙著眼睛，瘋狂地揮舞著他的右手。

占據我內心的無名恐懼立刻消失了，因為在這一刻我看到那個男人的身影是一個實實在在的人，而且旁邊還有一小群其他人，似乎他在向他們重複著他所做的動作。危險警示燈並沒有亮起，燈杆對面用木樁和防水油布支撐起一個全新的低矮棚屋，它看上去並不比一張床大多少。

我無法抑制地感覺到出了什麼事，我以最快的速度跑下了那條小路。

「發生了什麼事？」我問那些人。

「信號人今天早晨死了，先生。」

「是不是住在那間棚屋的人？」

「是的，先生。」

「是不是我認識的那個人？」

「如果你認識他的話，你會認出他來的，先生，他的面容非常沉靜。」其中一個人說，莊嚴地脫下了他的帽子，然後掀起油布的一端。

「哦，這是怎麼發生的，這是怎麼發生的？」油布重新蓋上，我不停地問著他們。

「他被一輛列車碾過，先生。在英格蘭沒有人比他更瞭解他的工作了，但是不知道為什麼，他沒有注意到開過來的列車。那是白天，他打亮了信號燈，手中提著他的小燈。列車從隧道出來的時候，他背對著車，然後車就從他身上碾過去了。開車的人訴說了事情的經過。說給這位紳士聽，湯姆。」

那個人穿著黑色衣服，重新走回隧道口處他原先站立的地方。

「從隧道彎口拐出來，先生，我看見他站在隧道盡頭，就像我從一架望遠鏡中看到他一樣。那時已經沒有時間控制速度了，我知道他一向很小心，但他看上去好像沒有注意到汽笛，於是我們經過他的時候我就把汽笛關了，然後盡力向他大聲呼喊。」

「你說了些什麼？」

「我說：『下面！小心！小心！看在上帝的分上，清掃道路！』」我驚跳起來。

「啊！那真是可怕的時刻，先生。我一直不停地對他大喊著，我用一隻手捂著眼睛不敢再看，另一隻手一直揮舞示意，但是都沒有用。」

沒有再多聽這樣的描述，我就打斷了他，說出了其中的巧合，不僅僅是這個可憐的信號人向我重複提起的、困擾他的那些話，還包含我自己加上去的話和我腦中他模仿的那個動作。

06

失蹤的豬肉鋪主人

匹克和他的僕人山姆又踏上了新的旅程。路過一個村落時，山姆指著一戶人家，說：「先生，這是當地最有名的豬肉鋪子！」

「是嗎？」匹克一點也不在意，示意山姆繼續趕路。

「這可是一家有名的香腸製造廠，先生。」山姆又強調了一遍。

「那怎麼了？」匹克不解地看著他的僕人。

「先生，你以為我說的是哪裡？那就是四年前那個神祕失蹤的商人的店鋪啊！」山姆氣憤地重複。

「你不會是說，他是在這兒被勒死的吧！」匹克來了興致，環顧四周。

「勒死？不，要比那糟糕多了。」山姆決定把聽來的祕聞報告給喜歡離奇故事的主人。

這個鋪子的主人是個發明家，他發明了一種香腸蒸汽機。這是一台神奇的機器，就算靠近它的是石頭，也會被機器吞下去，輕鬆地磨個粉碎，變成香腸。他十分得意自己的發明，將機器小心地放置在地窖裡，動不動就開心地看著機器開足馬力製作香腸。總的來說，他是個幸福的人，有兩個可愛的孩子，還有這樣神奇的機器，可是，他的太太讓他十分頭痛。她是個十足的潑婦，整天寸步不離地在他耳邊嘮叨。

有一天，他終於忍無可忍地對妻子吼道：「親愛的，我不是開玩笑，你要是再這樣鬧下去，我就逃到美國去，再也不回來！我絕不是在開玩笑！」

「哼，你倒是去啊。你這個沒良心的，你走呀！我看你在美國怎麼活！」老闆娘大聲地反駁道，緊接著又不間斷地罵了一個小時。老闆娘還是沒消氣，又跑到鋪子後面的屋子裡，大聲地哭叫。

第二天一早，老闆娘起來後發現丈夫不見了。她仔細檢查了屋子，發現丈夫什麼都沒帶走，衣服和錢都還在原來的位置，便以為丈夫是跟自己惡作劇而已。可是，接連幾天都沒見丈夫回來，老闆娘意識到問題的嚴重性，於是在報紙上登了廣告說，只要丈夫肯回來，她什麼都不追究。緊接著，她又跑到警察局報了案。

兩個月過去了，老闆依然不見蹤影。而鄰居們都說老闆因為受不了自己的太太而逃跑了。老闆娘默不做聲地等著自己的丈夫回來，繼續經營著店鋪。

一個星期六晚上，一位又矮又瘦的老紳士怒氣衝衝地來到店鋪，吼道：

「你是這裡的老闆娘嗎？」

老闆娘說：「是呀，我們的香腸出了什麼問題嗎？」

「哼，我告訴你，我可不打算被什麼東西噎死。就算你們不拿最好的肉做香腸，也不妨放點牛肉。可是你們，你們居然用扣子！扣子可不比牛肉便宜多少！」老頭的臉因為生氣變得通紅，將一包東西摔在桌子上。

「扣子？」老闆娘詫異道。

「對，就是扣子！你看！」說著，老頭打開桌子上的那包東西，裡面有二三十顆碎了的鈕扣。老闆娘看著扣子，面如死灰地尖叫道：「好熟悉的扣子，好像在哪裡見過。這，這是我丈夫衣服上的扣子啊！」

矮小的老紳士驚呼道：「什麼？」

「我的丈夫，我的丈夫突然發了神經，把自己做成了香腸！」

聽到這句話，格外喜歡香腸的小老頭瘋了似的衝出店鋪，從此不知去向。

山姆講完故事，回過頭看了看匹克。匹克此時已經嚇得渾身顫抖了，嘴裡還嘟囔著：「我再也不吃香腸了！」

07

修道院聽來的故事

瑞士聖博納山頂峰有一座修道院。幾個當差的此刻正坐在修道院外的長凳上，一起欣賞夕陽映照群山時的美景。他們一共五個人。霞光覆蓋下的群峰好像灑過一層紅葡萄酒，凝結在山的表面，山巒在光線的照耀下熠熠生輝。我沒有想出用紅葡萄酒作比喻，這是那個身材魁梧的德國人想出來的，其他人對這個比喻不置可否，就像他們四個人從沒有注意到我似的。

我坐在修道院大門外另一側的長板凳上，和他們一樣抽著雪茄，欣賞著對面因落日而披上紅色外衣的積雪。我們旁邊有一座孤零零的小木屋。那些因迷路而葬身雪山的人，只要被發現就會被轉移到木屋裡。死者的屍體沒有腐爛，而是在嚴寒的環境下慢慢變得乾癟畸形。

積雪漸漸消融了紅葡萄酒似的霞光，群山又恢復了它往昔潔白的面容。天空已是一片茫茫的深藍色。這時，山風襲來，我感到刺骨的寒冷。五個當差的紛紛把自己的粗呢外套裹緊。面對這樣的事情，沒人比他們更有經驗了，於是，我也跟著裹緊了自己的外套。

夕陽映襯下的群峰讓這五個當差的人緘默不語，無人能夠抵擋得住這壯闊景色的誘惑，沒有人打破沉寂，生怕影響欣賞的情致。現在，霞光終於退去，一度中斷的談話在他們之間又開始活躍起來。

那位美國紳士坐在修道院客廳休息室的火爐前，滔滔不絕地講一些事情的細節。不要小看這些故事，這些事情裡蘊藏了安納尼亞斯．道奇公司成功的祕密（這家公司在英國撈到不少鈔票）。

「上帝啊！」瑞士籍的當差人用法語說道，「要是講到鬼……」

「我根本沒講什麼鬼魅的事。」德國籍的當差人申辯道。

「那你講的是什麼？」瑞士人反問。

「我解釋不清楚，」德國人說，「要是我有更多的學識就好了。」

我想，這回答還真妙，我的好奇心也被他們的對話勾起來了。於是，我往長凳的另一側挪了挪，這樣可以離他們更近一點。我背靠修道院的外牆，既能聽清他們說什麼，也不會引起他們的注意。

「打雷一定伴隨著閃電！」德國人言情並茂地講道，「如果有人突然到你的府上拜訪，但是，這人自己都沒有料到，在他來之前已經有某種神祕力量把他的行蹤告訴了你。」

「你們怎麼看這樣的事情？走在繁華的大街上，比如法蘭克福、米蘭、倫敦、巴黎這樣的城市街道上，你忽然發現有個陌生人很像你的朋友亨利，過一會兒，又有一個人長得和亨利神似。也許，你會產生莫名的預感──我會遇到亨利。最奇妙的是，你真的和他相遇了，儘管他本應在特裡斯特。你們怎麼解釋這種現象？」

「這樣的事情不足為奇。」瑞士人和另外三個人喃喃說道。

「不足為奇？你們以為這像黑森林裡長櫻桃樹一樣不足為奇，像在那不勒斯有通心粉一樣不足為奇嗎？提到那不勒斯，我倒是想起一件事。在希亞迦飯店的牌友會上，有個叫瑪莎．森尼瑪的老婦人大喊大叫──這是我親眼所見，因為，那天的派對是由我當時的巴伐利亞主人舉辦的，我正好負責那次聚會的接待工作。那位老婦人突然從牌桌椅子上跳起來，臉色慘白地尖叫道：『我在西班牙的妹妹死了！我感覺到她正用冰冷的手摸著我的背！』而她妹妹真的是在那時離開人世的，你們怎麼看這樣的事？」德國人說。

「世人皆知，在我家鄉，每年聖．吉納諾都會應驗主教的請求噴出鮮血。」那不勒斯人頓了頓，眉飛色舞地問：「你怎麼看這樣的事呢？」

「這個我知道。」德國人大喊道。

「神蹟？」那不勒斯人笑嘻嘻地說。

德國人吸口菸大笑起來，其他四人也抽著菸大笑。

「噓！我有什麼說什麼。我如果想占卜，就請個有名的占卜師，這樣錢花得也值。許多怪事裡並沒有鬼神出沒，喬萬尼．巴提斯塔，把你經歷的英國新娘那件怪事說一說。雖然沒有鬼，卻特別詭異，看看誰能把這件事解釋清楚。」德國人說。

五個當差人都沉寂了片刻。我側目掃視一下，那個又點了支雪茄的人好像就是喬萬尼．巴提斯塔。我覺得他是熱那亞人，他開始講他的奇遇了。

「關於英國新娘的事？呵！這件事不足掛齒，不過，確有其事。聽好了，各位先生，這是真事呦！」

十年前，我帶著與自己相關的資料和推薦信去倫敦朋德街的郎氏餐廳見一位英國紳士。他計畫做一次長期旅行，大概要兩年的樣子。他對我的證明資料很滿意，對我的印象也不錯。那位先生還好奇地打聽了一些我以前當導遊的事情，這使他對我更有好感。

最後，他打算雇用我六個月，報酬相當可觀，我當然是樂不可支了。這位英國紳士年輕、帥氣又樂觀開朗。他和一位既漂亮又富裕的英國淑女訂了婚，他們的婚禮即將舉行。簡單地說，那次長期旅行就是他們的蜜月。為了熬過長達三個月的酷暑，他們在利爾維耶拉租下一座古堡，那離我家鄉熱那亞很近，就在去往尼艾斯的路邊。

我信誓旦旦地對雇主表示，我對那裡的一草一木都瞭若指掌。那座古堡裡有一大片花園，有時覺得頗為荒涼。古堡在四周濃密的樹林遮蔽下略顯幽暗。不過，古堡裡面相當寬敞，古樸又不失大氣，而且面朝大海。

英國紳士說別人也這樣描述過那座城堡，當知道我很熟悉那裡時，他特別高興。古堡裡沒有什麼像樣的傢俱，顯得有些幽暗，先生之所以選中那，多半是因為那裡的花園和茂密的樹蔭可以使他和妻子度過一個涼爽的夏天。

「這麼說萬事俱備了，巴提斯塔？」他說。

「先生，您無須多想，一切包您滿意。」

為了這次旅行，我們專門預訂了一輛新馬車。新車做工精緻考究，無可挑剔。所有該準備的東西都一應俱全。婚禮如期舉行，一對新人喜不自禁。我也自得其樂，因為所有的事情按部就班，沒出亂子，我可以風光體面地回到家鄉，一路上還可以教漂亮的女僕卡洛尼娜說義大利語。她年紀很小，心地很好，整天笑咪咪的。

時間飛逝，我卻注意到——可要仔細聽著！（熱那亞人說到這裡時壓低了嗓門）我注意到女主人時常會莫名其妙地陷入哀思，她很少有快樂的時候，心頭彷彿壓著一塊巨石。

我是在一次爬山的時候意識到事情的嚴重性。當時，主人走在前面，我則陪伴在夫人乘坐的馬車旁。那時，我們在法國南部旅行，傍晚女主人叫我去找先生，請他馬上回來見她。

先生回來後，陪她走了很長時間，一邊散步，一邊溫情脈脈地安慰她。男主人把手放在打開的車窗沿上，女主人卻沒把手伸出去放在丈夫的手上。先生時常開懷大笑，好像在和夫人講笑話，努力地調動她的情緒，慢慢的，她被逗得笑了起來。

一切總算恢復正常。這件事令我百思不得其解。我問可愛的女僕卡洛尼娜：「女主人身體是不是哪不舒服？」

「沒有。」

「有什麼煩惱？」

「沒有。」

「害怕旅途顛簸或是撞見劫匪？」

「不是。」

最讓我不滿和奇怪的是卡洛尼娜回答問題時的態度。她的眼神總是回避我，故意看著遠處，裝作漫不經心的樣子回答我的問題。終於有一天，她主動找到我，告訴我有關女主人的祕密。

「你非要追根究底的話，我可以告訴你，我無意中聽說有鬼纏著夫人。」卡洛尼娜說道。

「鬼怎麼纏著夫人的？」

「鬼在夢裡纏著夫人。」

「什麼夢？」

「她在夢裡會夢見一張臉。在她結婚前三天，每天晚上她都夢見同一張臉

——那張臉還有點……」

「那臉很嚇人嗎？」

「不嚇人。那是一張蠻英俊的男人的臉。他皮膚黝黑，五官端正，滿頭黑髮，蓄著灰鬍鬚，身著黑衣。這樣一個美男子，除了顯得冷酷、神祕之外，簡直完美無缺。女主人從沒有見過這張臉，也不記得有誰和她夢見的人長得相像。那個神祕的男子在夢裡什麼都不做，只是躲在陰暗的角落裡直愣愣地盯著她。」

「夫人還做過其他類似的夢嗎？」

「沒有了，光是這個夢就已經攪得她心神不寧了。」

「夢裡的男子為何會讓她疑神疑鬼的呢？」

卡洛尼娜搖了搖頭。

「主人也像你這樣問過夫人，」卡洛尼娜說，「夫人自己都說不明白，她也很納悶。但是，就在昨天晚上，我偷偷聽到她問主人，要是在義大利城堡裡看見那張臉的畫像怎麼辦？她害怕如果不幸言中了，到時候她未必能挺得住。」

不聽卡洛尼娜的話倒好，聽完後我自己也有些忐忑不安了。我清楚像那樣的古堡裡必定有許多古畫。當我們離終點站越來越近的時候，我越希望古堡裡的畫都是被封存起來的。我們到達利爾維耶拉的城堡時，已近黃昏而且暴風雨將至，巨大的雷聲在周圍數十公里的範圍內震盪。

被嚇壞了的壁虎在花園石牆的縫隙中爬來鑽去，青蛙也在呱呱亂叫。狂風怒吼，雨水從樹葉、樹梢上滾落下來織成一道水幕。那閃電——我以聖・羅倫斯的聖體發誓——撕破天空的那一刻真是駭人。

眾所周知，熱那亞城及其附近的古堡都是十分滄桑的——時光與海風一同侵襲著它們。牆上的塗料和紋飾早已破裂脫落，窗戶上的鐵柵欄鏽跡斑斑，院子裡雜草叢生，院牆破敗不堪，整棟古堡給人一種搖搖欲墜的感覺。這就是我們住進的城堡。它已經有幾個月沒人入住了。

幾個月？在我看來好幾年的時間都有了！屋子裡難聞的氣味讓我想起了墓地。屋後陽臺上種有橘子樹，變質的橘子滴落一地，幾株灌木從坍塌的噴泉縫隙中生長出來，這幾種氣味混合在一起，滲透進每一個房間。

陳腐的黴味散落在各處，無孔不入，連櫃櫥和抽屜都不能倖免。走在窄小的過道中，這種空氣足以令人窒息。如果你想翻一下畫（又提到了畫）你會發現動不了畫，畫鑲在畫框裡，可畫框卻粘在牆上，像蝙蝠一樣牢牢地抓在牆上。房子裡的所有窗戶都被百葉窗密密實實地遮住了。

看管古堡的是兩個面容醜陋的老婦人。其中一個一邊手裡拿著紡錘坐在房門前紡線，一邊嘴裡念念有詞地嘟囔著什麼。主人、夫人、卡洛尼娜還有我走進古堡（雖然名字排在最後，我卻是走在最前面的）。我搖上百葉窗，打開窗戶，抖掉身上的牆灰，擦乾淨臉上的雨水。

屋子裡有時會碰見大群蚊子，還有個頭很大、滿身斑點、模樣猙獰的基諾斯蜘蛛。我先讓屋子裡光亮起來，打點好一切，才讓先生、夫人及卡洛尼娜進來。我先把牆上的畫仔仔細細地看了一遍，之後把另一個房間整理妥當，再請他們進去。女主人害怕極了，我們也都害怕會有那張與夫人夢裡見到的臉相像的畫。感謝上帝，這裡沒有那樣的畫。

古堡裡有許多畫像，都是我熟悉的歷史人物。那個夫人夢中皮膚黝黑、既英俊又神祕的黑衣男子，並沒有出現在畫中。

我們查看了所有的房間，看完所有的畫之後，才來到花園。一個老花匠租下了整片花園，草木修剪得很整齊。又大又陰涼的花園一角有一個簡陋的露天小劇場。舞臺是有坡度的綠草坪，後臺一側有三個入口，散發出芬芳氣味的花枝組成一道帷幕。

女主人連這裡也放心不下，她瞪著雪亮的眼睛小心仔細地搜索著，只是最後仍一無所獲。

「夠啦，克蕾雅，」男主人小聲地說，「你現在可以放心了吧？你應該高興才是。」

女主人如釋重負，很快就適應了這裡的生活。她天天要麼唱歌、彈琴，臨摹古畫，要麼和丈夫在樹蔭下散步。每天清早，先生都會騎馬享受清晨陰涼帶給他的快感。他總會笑著對我說：「樣樣順心啊，巴提斯塔！」

「當然了，先生。感謝上帝保佑我們一切順利。」

工作清閒又沒人打擾時，我可以帶著可愛的卡洛尼娜去多摩安西雅塔教堂、咖啡館、歌劇院，參加鄉下的節日，逛公園，看木偶劇。所有這一切都讓卡洛尼娜興奮不已。

最不可思議的是，她已經學會熟練地使用義大利語了。夫人是不是把那個煩人的夢拋到一邊了呢？好奇和關切使我偶爾會問問卡洛尼娜。夫人基本不再提了，她告訴我。一天，主人收到一封信後把我叫去。

「巴提斯塔！」

「先生，您有何吩咐？」

「有人為我引見了一位非常尊貴的先生，今晚他會來到這裡拜訪我們，他叫德隆穆布拉。」

我以前從沒有聽過這樣怪裡怪氣的名字。不過很多人因為反對奧地利的統治而遭受迫害，為了保護自己，改了姓名。也許，今晚的客人就是其中之一。無所謂，德隆穆布拉對我而言沒有什麼特殊意義。晚上，德隆穆布拉先生前來赴宴，我把他引進客廳。主人熱情地接待他，還向他介紹了自己的夫人。夫人剛要起身打招呼，突然臉色慘白，大喊一聲，便昏倒在大理石地板上。我回頭一看，這才意識到原因。

德隆穆布拉先生一身黑衣，黑髮，留著灰鬍子，皮膚黝黑，相貌出眾卻又有點神祕莫測的樣子。主人一把抱起夫人，將她送進房間，我趕快叫卡洛尼娜跟進去幫助先生。

後來，卡洛尼娜告訴我，女主人差點被嚇死，整夜都做著噩夢。主人煩躁得近乎抓狂，又不得不耐著性子控制自己。德隆穆布拉先生很有謙謙君子的紳士風範，他一再對女主人會出現如此的意外表示遺憾和關切。

他希望女主人能夠早日康復，然後，他便向先生告別，表示等夫人病情好轉之後再來拜訪。主人自然沒同意，一再挽留並和他共進了晚餐。當天，德隆穆布拉先生早早地離開了城堡。第二天，他騎馬來到這裡打探女主人的情況。那個星期，他來了兩三次。

我相信主人下了決心一定要治好夫人的恐懼症。他態度和善，不失理智又很堅定。他耐心地說服妻子，如果不克服這種莫名的幻想帶來的恐懼，即便不發瘋也會抑鬱成疾。主人鼓勵妻子相信自己有能力擺脫幻覺的困擾，戰勝軟弱，像真正的英國淑女接待其他人那樣接待德隆穆布拉先生，這樣，幻覺帶來的恐懼就會自然而然地消失。

為此，我們再次安排德隆穆布拉先生到訪。夫人這次努力保持克制（可是她內心仍然備受煎熬），當晚總算風平浪靜。因此，男主人十分高興。

從此，德隆穆布拉先生成了我們這裡的常客。他是一位極有修養的人，繪畫、音樂都十分在行，不僅飽讀詩書，而且擅長與人交往。他會把古堡裡任何不愉快的空氣掃蕩一空。

我曾經幾次注意到女主人仍然有所顧慮。她一見到他就會低下頭，看著他時眼神也是躲躲閃閃的，好像德隆穆布拉先生長得兇神惡煞似的。此時，我再轉過頭看德隆穆布拉先生時，我常常發現他會站在花園的某個角落或者在光線暗淡的客廳裡盯著夫人。我可以用卡洛尼娜向我描述夫人夢境裡的話來形容，他「躲在陰暗的角落裡直勾勾地盯著她」。

德隆穆布拉先生第二次來訪之後，我聽見主人說：「太好了，親愛的克蕾雅，現在都恢復正常了！德隆穆布拉先生的頻繁到來已經不再對你有什麼影響了，你的恐懼像玻璃一樣被敲得粉碎。」

「他還……他還再來嗎？」

「還來？那是當然，他會常來的！你冷嗎？」

「不，親愛的……千萬別讓……他讓我害怕。你覺得有必要讓他來嗎？」

「當然要來，克蕾雅。」男主人快活地說。

他現在更加有把握可以治好她的恐懼。她是那麼完美，男主人覺得幸福極了。

「樣樣順心啊，巴提斯塔？」

「沒錯，先生。感謝上帝，一切順利。」

我們一行人（這時，熱那亞人才把嗓音放開）去了羅馬，參加那裡的嘉年華聚會。那天我和一個西西里島的朋友一直待在外面，他在一戶英國人家裡當差，隨那家人來到羅馬。我很晚才回到旅店，正好撞見慌慌張張的卡洛尼娜，她以前從不一個人單獨出來的。

「卡洛尼娜！出什麼事了？」

「哎呀！巴提斯塔！上帝啊！女主人不見了！」

「夫人失蹤了！卡洛尼娜？」

「她早上不見的——今天早上先生出門散步時囑咐我不要打攪夫人，昨晚她一夜沒睡，彷彿身體不適，也許今天要睡到晚上才起來。但是，她竟然失蹤了。主人回來後，打不開門，最後將門撞開，衝到裡面時，夫人已經不在了。我那漂亮、友善、聖潔的女主人啊！」

可憐的小僕人說到這就說不下去了，她開始歇斯底里地撕扯自己的衣裳，我攔都攔不住她，直到她哭昏過去。主人也來了，我簡直不敢相信自己的眼睛，他的聲音、外貌和舉止已經判若兩人了！我們先把卡洛尼娜安頓在床上，請旅店的女侍從幫忙照看一下，然後坐上馬車在茫茫黑夜裡穿越了佩尼亞平原。

天亮時，我們來到一家簡陋的驛站，不巧的是，這裡的馬十二小時之前就全被租走了。聽說，那位德隆穆布拉先生曾乘著馬車經過這裡，在他旁邊坐著一位驚慌失措的英國小姐。這之後，我再沒聽到有誰見過女主人（說到這，熱那亞人深吸了一口氣）。我只知道她和她夢見的那張可怕的臉一起消失了。

「你這也叫鬼故事？哪有鬼？剛才的故事裡沒有鬼啊！我給你們講一個故事，看你們怎麼評價它？這個故事裡也沒看見鬼！」德國人滿不在乎地說。

我以前受雇於一個一直都是單身的英國老紳士。他雇用我是因為他要到德國談生意。看他用德語熟練地談生意，我猜他小時候在德國住過，不過那是六十年前的事了。雇主叫詹姆斯，他還有個雙胞胎弟弟約翰，也是單身漢。兄弟二人關係很好。他們一起在古德曼做生意，但不住在一起。詹姆斯家在波蘭街，弟弟約翰則住在艾平森林。

詹姆斯和我預計在德國待上約一個星期，具體時間還要看買賣談得如何。約翰來到波蘭街，打算和詹姆斯一起度過這個禮拜，我正好也住在那。但第二天，約翰就對哥哥說：「詹姆斯，我有點不舒服，應該沒事。我想是痛風又發作了。我回家讓老管家照看我，他比較瞭解我的生活起居。我要是好了就去給你們送行。如果我沒好，你走之前別忘了來看看我。」詹姆斯滿口答應，他們握了握手（他們一直這樣），然後，約翰先生就坐著他的舊馬車回家了。第二天晚上，星期四，詹姆斯先生穿著法蘭絨睡衣，舉著蠟燭，來到我床前，把我叫醒。

「威廉，我確信我可能生病了。」

此時，我才注意到他表情十分異樣。

「威廉，這事跟你說我不害怕，別人可不行。你來自一個注重理性思考的國家，對神祕的事情一定會謹慎對待，絕不會用前人說過的話敷衍，或乾脆置之不理。我剛才看見我弟弟的靈魂了。」

我承認當我聽到他說的這句話時腦子裡一片空白。

「我剛才看見了我弟弟的靈魂。我躺在床上睡不著，這時，我弟弟進來了。他臉色蒼白，高興地看著我，然後，走到辦公桌前，看了看上面的檔案，轉身來到我床前，仍然高興地看著我，最後從門口離開。我的精神狀態很好，我不想探究有沒有靈魂。我只是覺得這是在警告我身體哪裡有問題了，我打算找醫生放點血。」詹姆斯看著我鎮定地說。

我立即起床，穿衣服，安慰他別急，告訴他我很快就會把醫生請來。我剛要出門，突然，樓下有人使勁按門鈴。我住在房子後面的閣樓裡，詹姆斯住在臨街的二樓。我們一同來到他的房間，打開窗戶向下看。

「詹姆斯先生在家嗎？」樓下的人退到街道另一側，仰頭望著這裡。

「在，我就是。你是我弟弟的傭人羅伯特吧？」詹姆斯先生說。

「沒錯，先生。我很抱歉來通知您：約翰先生病了。他目前的狀況很糟糕，怕是不行了，他想見見你。先生，我坐馬車來接您的，請快點下來。時間緊迫。」

詹姆斯和我目瞪口呆。

「威廉，太不可思議了。你陪我一起去吧！」我幫他穿衣服，還沒穿好就上了馬車，我又忙著在車裡幫他穿好衣服。我們的馬車像飛一樣從波蘭街到了艾平森林。

現在，聽好！（德國人說）我和詹姆斯來到他弟弟的房間，下面是我的所見所聞：

這是一間很大的臥室，臥室最裡面放著一張床，約翰就躺在那。他的老管家站在那，其他侍從圍在那裡，大概三四個人的樣子。他們從今天中午就守在那裡了。約翰臉色蒼白，活像個幽靈——千真萬確，他還穿著睡衣。他像幽靈一樣用空洞的眼神注視著哥哥走進他的房間。當哥哥來到床前，弟弟艱難地坐了起來，看著哥哥說道：「詹姆斯，你來之前咱們就見面了，你心裡明白。」然後，他就去世了。

德國人說完後，我打算聽聽其他四人是怎麼評價這件事的，可是周圍除了寂靜還是寂靜。我轉頭一看，那五個人都不見了，沒有一點聲響，好像被陰暗的群山壓在了積雪下面。刺骨的寒風驅趕我趕快離開這陰森的地方。

聽完他們的談話，我再沒膽量一個人在修道院裡待著了。我回到修道院客廳裡，發現那位美國紳士居然還在滔滔不絕地講安納尼亞斯·道奇公司的傳奇。

Charles
Dickens

08 謀殺審判

一位誠實的旅行者，如果他曾經看到類似海蛇一樣的奇異生物，就不應該害怕提到這件事。如果他有了一些奇怪的預感、衝動、幻想、夢境或其他一些顯著的腦部記憶，那麼在他說出這些事情之前，他已好好地考慮了。而對於一些人的沉默寡言，我把它們歸結為與這些主題有關的含混不清。在進行客觀創作的時候，我們不習慣交流對這些主觀事物的經歷。

不管怎樣，在我所要敘述的事情中，我並不打算創立、反對或支持任何一種理論。我瞭解柏林圖書出版商的歷史，我曾經研究過大衛・布魯斯特先生最近創作的那本《皇家天文學家》中妻子的案例，而且我還對我的朋友圈中出現的更為奇怪的想法進行過詳細研究。

說到這裡有我必要聲明一點，受害人（一位夫人）和我沒有任何關係。有些人可能會錯誤地認為這是我個人經歷的一部分，而這是毫無根據的，它與我的任何怪癖無關，也與我先前的任何經歷無關，更與我此後的經歷無關。

這件凶案剛被發現的時候沒有任何嫌疑人，或者可以這麼說——沒有人認為那個隨後被送上法庭的人會有重大嫌疑。因為在報紙上沒有出現過任何對他的報導，由此可知，報紙也就不可能對他作出任何描述。我們必須記住這個事實。

吃早餐時，我打開晨報，繼續關注著有關那件凶案的消息。我把那篇文章讀了兩遍，如果不是三遍的話。報紙上聲稱事件是在一間臥室裡發生的。當我放下報紙的時候，突然靈光一閃，找不到一個詞來描述我的狀態——在經過自己房間的時候，我彷彿看到了那間臥室，就像是一幅圖畫不可思議地出現在奔騰的河流上。儘管這一刻轉瞬即逝，它還是相當清晰的，以至我清楚地觀察到床上並沒有死屍。

在一點也不浪漫的地方，我也出現過這種古怪的感覺，那是在皮卡迪利大街的房間裡，距離聖詹姆斯大街的拐角很近。當時我正坐在搖椅裡，伴隨著奇怪感覺而來的一陣顫抖，椅子開始晃動起來。（要說明的是，透過小輪可以輕易晃動搖椅。）

我走到一扇窗戶前（房間在二樓，房間裡有兩扇窗戶），看著樓下皮卡迪利大街上移動的物體，想讓自己的眼睛放鬆一下。

那是一個明媚的秋日清晨，大街上歡樂的人群川流不息。風很大，當我向外觀望的時候，從公園那邊吹來了幾片落葉，一陣狂風捲著它們，旋轉著。當風稍小些的時候，樹葉就散落一地。我看到馬路對面的兩個男人，正從西側走向東側，他們一個緊跟在另一個身後。

前面的那個男人頻頻回頭張望，第二個男人跟在他身後大約三十步的距離，威脅性地舉著右手。在大庭廣眾之下，這個威脅性手勢的奇異和始終如一吸引了我的注意力，但奇怪的是，沒有人注意到他們。他們在其他行人中穿梭前行，就我所能看到的，沒有任何一個人讓路給他們，和他們接觸。

經過我的視窗時，他們都抬頭注視著我。我仔細地打量了這兩張臉，我確信，不論在什麼地方，我都能再認出他們。走在前面的那個男人看上去愁眉苦臉的，跟在身後的那個男人臉色像不純淨的石蠟。

我是一個單身漢，我的男僕和他的妻子就是我的全部家當。我在一家銀行上班，並希望自己作為部門主管的責任，能像它們通常被認為的那樣輕鬆。那個秋天，我被留在鎮上，那段時間我處於變化之中。我沒有生病，但是自我感覺不好。我的工作快讓我的疲倦感達到了頂點，並讓我對單調的生活產生了壓抑的感覺，另外我還有一些「輕微的消化不良」。我那頗有名望的醫生向我保證說，我那時候的健康狀態完全沒有問題，我引用他診斷書中的話回答了自己的提問。

隨著連環謀殺案的案情逐漸明朗化，其對公眾情緒產生的影響也越來越強烈，身處對此問題的普遍關注之中，我盡可能讓自己少瞭解其中的情況以免受到影響。但是我知道，警方已經對謀殺嫌疑犯提出了蓄意謀殺的罪名，而且已經將他送進監獄關押了。我還知道，以一般性偏見和準備辯護所需時間為由，他的審判已經被推遲到下一輪中央刑事法庭開庭。我可能還知道，但我認為自己並不知道，何時或大約何時，延期的審判將開始進行。

我的起居室、臥室和更衣室都在同一層樓，更衣室與臥室相連。事實上，更衣室有一扇門通往樓梯，不過那扇門早已被釘死了。

一天晚上，我站在自己的臥室裡，在我的男僕臨睡前對他做了一些指示。我的臉正對著唯一可以通往更衣室的那扇門，當時門是關著的，而我的僕人背對著那扇門。在我和他說話的時候，我看到那扇門打開了，一個男人很誠摯而又神祕地對我招手。那個人就是走在皮卡迪利大街上的兩個男人中的後面那一個，也就是那個臉色像不純淨的石蠟的男人。

過了一會兒，那人向後退去，關上了那扇門。我毫不遲疑地穿過房間，打開了更衣室的門，向裡看去。我的手上舉著一支點著的蠟燭，但心裡並沒有指望能在更衣室看到剛才那個人，況且我確實沒有看到他。

我知道我的僕人站在那裡感到很迷惑，我轉過身對他說：「德里克，你相信嗎，在我很鎮定的情況下，我想我看到了一個……」正當我把手放在他胸口的時候，他突然開始不停顫抖，說：「哦，上帝呀，是的，先生！一個在招手的死人！」

當我碰到他的手的時候，他的變化如此令人吃驚，讓我完全相信他在那一刻以某種不可思議的方式從我這裡證實了我的所見。

我讓德里克拿來一些白蘭地，並為他斟了一杯，同時也給自己倒了一點。我把那人剛才在門口招手的表情和當時我站在窗口時他盯著我看的表情比較了一番，最後得出了結論：首先，他試圖把他自己綁在我的記憶中；其次，他確保自己能夠被立即回想起來。

第二天白天，我好好地睡了一覺，約翰・德里克在床邊叫醒了我，手中拿著一張紙條。表面看上去，這張紙條在送信人和我的僕人之間經歷了一番爭奪。那是一張傳票，要求我在即將開庭的中央刑事法庭當陪審員。

德里克知道，我以前從未被要求出席這樣的陪審團，他認為那種級別的陪審團成員應當在比我等級低的工作行業中挑選，所以一開始他拒絕接受這張傳票。送來傳票的人非常冷靜地處理了這件事情，他說，我的出席或缺席與他沒有任何關係。於是，這張傳票就到了我面前，我應當親自來處理這件事情。

在大約一、兩天的時間裡，我都無法決定是回應這一傳喚，還是將它置之不理。不管怎樣，我都沒有意識到最細微的神祕偏見、影響或是吸引力。最後，就當是打破我單調的生活，我決定出席陪審團。

預約的那個早晨是十一月份中一個普通的清晨。皮卡迪利大街上瀰漫著濃濃的棕色霧氣，它逐漸變成黑色，在聖殿酒吧的東面顏色最重。我藉著煤油燈的光亮找到了法院的走廊和樓梯，法庭上也點著煤油燈。

直到我被法警領著走進法庭，看到擁擠的人群前，我都不知道今天就是判決謀殺犯的日子。在我費力地擠進法庭前，我都不清楚應該參加兩個法庭中的哪一個陪審團。只是這絕對不能作為一種肯定的斷言，因為我對自己頭腦中的任何一個想法都不滿意。

我在陪審員等候的地方坐下了，我環視著法庭，感覺現場氣氛沉重。我注意到高大的窗戶外面凝結著一層窗簾一樣的黑色水蒸氣，我還注意到街道中車輪壓在廢棄稻草上那令人窒息的聲響，還有聚集在一起的人群發出的嗡嗡聲，人群中不時發出一聲尖銳的口哨或對其他人打招呼的聲音。

隨後，兩名法官走進來並坐下，法庭上的嗡嗡聲立即停止了，謀殺犯被帶到審判席上。他出現的那一瞬間，我認出他就是皮卡迪利大街上那兩個男人當中走在前面的那一個。

如果有人那時候叫我的名字，我可能懷疑我是不是答應了。不過，在我的名字被點了六次或八次之後，我回過神來，答了一聲：「到！」當我走上陪審席的時候，犯人開始騷動起來，向他的辯護律師招手示意。犯人反對我的意願是如此明顯，引起了一陣暫停，在這期間，辯護律師靠在被告席旁，和他的客戶耳語一番，並且搖著頭。

隨後我從那位紳士那裡得知了犯人說的話，這些話實在令人驚訝：「反對那個人做陪審員！」但是由於他提不出任何理由，並且也承認在我的名字被提起之前他從未聽說過我，所以，他的反對也就無效。

基於已經解釋過的理由，我避免想起那令人討厭的、不受歡迎的謀殺者，而且由於他的詳細審判情況對於我的講述而言是可有可無的，所以，在陪審團成員聚集在一起的十天十夜中，我儘量讓自己不去提起那些與我自身經歷直接相關的事情。

我被選為陪審團主席。案件審理的第二天早晨，在進行了兩個小時的舉證之後，我無意間看了一眼其他陪審團成員，發現很難數清他們有多少人。我數了好幾次，都數不清楚，奇怪的是總會多數出一個來。

我碰了碰坐在我隔壁的陪審員，低聲對他說：「幫我數一下我們有多少人。」他對我這個要求很不解，但還是轉過頭去數。「為什麼，我們有十三……不，那不可能。不，我們只有十二個人。」他突然說。

根據計算，我們那天仔細數的時候，人數都是對的，但是粗略地看起來時，我們就總會多一個人。沒有人出現，也沒有其他人來解釋這個現象，但是我有預感確實有人來了。

陪審團下榻在倫敦賓館，我們發誓要一直與保護我們安全的警官在一起。當然，我沒有理由隱瞞那位警官的真實姓名。他很聰明，非常有禮貌，而且負責任，在這座城市很受尊敬，他就是哈克先生。他的床鋪就靠近房間門口。

晚上上床睡覺之前，我看見哈克先生坐在他的床上，便走過去坐在他身邊，遞給他一小撮鼻菸。在接過鼻菸時，哈克先生的手碰到了我的手，一陣奇怪的顫抖流過他全身，他說：「這是誰？」

順著哈克先生的目光，在房間的一端，我又一次看到了我見過的那個人——在皮卡迪利大街上兩個男人中的後面那一個。我站起身來，向前走了幾步，然後停住了，回過身來看著哈克先生。他顯得非常冷淡，並以很高興的口吻說：「一時之間，我以為我們有十三個人，不過我看那只是月亮的影子而已。」

我沒有對哈克先生說什麼，而是讓他和我一起走到房間的盡頭，我要看看那個人在做什麼。他在另外十一個陪審團成員身邊靠近枕頭的地方都站了一會兒，而且總是站在床的右手邊，從另一張床的後端經過。

從他頭部的動作看，他正焦急地看著每一張睡眠中的臉龐。他並沒有注意到我，或是我的床鋪。他似乎要從月光照進來的那個高大的視窗踩著空中懸梯走出去。

第二天早飯的時候，看起來每個人昨天夜裡都夢到了那個被謀殺的人，除了我和哈克先生。我現在可以確定，皮卡迪利大街上走在後面的那個人就是被謀殺的那個人（可以這麼說），彷彿他直接向我證明了這一點。

審判的第五天，在案件臨近尾聲時，受害者的一個小塑像被作為證據提交到法庭上。在案發現場，員警並沒有在他的臥室中看到過這個東西，後來有人在一個隱秘的地方發現了它，而且那個人還看見兇手當時正在那裡挖坑。經證人確認之後，它被送到法官席上，隨後傳至陪審團以供檢視。

當一位穿著黑色長袍的警官拿著它從我身邊經過時，皮卡迪利大街上的第二個男人從人群中一躍而出，從警官手中奪過塑像遞到我手中，同時用低沉而空洞的聲音說：「我那時候還很年輕，我的臉也沒有被抽乾血。」這一幕同樣發生在我將塑像遞給其他陪審員的時候，以及陪審員之間傳遞這個塑像的時候，但是，他們當中沒有人覺察到這一點。在所有的陪審員傳閱一遍後，塑像又回到了我手中。

後來，在餐桌邊，當然，我們都處於哈克先生的保護之下，我們對今天的審判過程好好地討論了一番。第五天，案件審判結束了。面對擺在我們面前的問題，我們的討論既熱烈又認真。陪審員中有一名教會成員——我所見過的最愚蠢的人，他對明擺著的證據提出了最荒謬的反對意見，還得到了兩個優柔寡斷的教區寄生蟲的支持，這三個來自一個地區的陪審員狂熱地認為，他們要對五百名殺人犯實行他們自己的審判。

當這些頭腦錯亂的人大聲宣揚他們的觀點的時候，我們中的一些人已經準備睡覺了。這時，我又看到了那個被謀殺的人，他憂愁地站在他們身後，向我招著手。當我向他們走過去並加入他們的談話時，他突然不見了。但這只是他在我們這個長長的房間裡面頻繁現身的開始。此後，無論什麼時候陪審員聚集在一起，我都能在他們中間看到那個被謀殺的人。當他們的言語不利於他的時候，他就會嚴肅而又不能抑制地向我招手。

我注意到，在那個小塑像出現在第五天的法庭上後，我就再也沒有在法庭上看到那個人出現過。現在那個人就出現在法庭上，只是他不再對我說話，而是衝著正在發言的人講話。

在公開辯論的時候，有人暗示受害人的喉嚨可能是他自己割斷的。就在這時，那個人——他的喉嚨就像被提及的那樣（這裡不得不提前隱去）——緊緊地站在發言人的身邊，一次又一次地用手劃過自己的氣管，一會兒是右手，一會兒又換成左手，他強烈地向發言人暗示自己用任何一隻手都不可能造成那樣一個傷口。再比如，一位證人——一位婦女，說犯人是最和藹可親的人。在那一刻，那個人站在她面前，直直地看著她的臉，伸手指著犯人那張邪惡的面容。

讓我印象最深的變化也是所有變化中最顯著、最令人震驚的，我並沒有將它理論化，我只是很精確地描述它，然後將它放在那裡。

儘管那人的出現並沒有被那些他對著講話的人察覺，但是他靠近這些人時我總能發現他們在顫抖或心神不安。對我來說，這些跡象似乎是可以預防的，但依據法律，我沒有向其他人揭示這一點的責任，而且他彷彿能夠無形、無聲地並且暗暗影響他們的思想。

當首席辯護律師暗示案件為自殺時，那人站在那位學識豐富的紳士旁邊，鋸開了自己已經受傷的喉嚨，不可否認的是，辯護律師這時候突然支支吾吾起來，大約幾秒鐘的時間裡都無法繼續他的發言，他用手帕擦著前額的汗水，臉色變得異常蒼白。當那位證人面對被害者的時候，她的眼神直直地順著他手指所指的方向，非常猶豫地看著犯人的臉。

另外兩個例子更具說服力。在審判的第八天，我和其他陪審員在法官返回之前一小會兒回到法庭。那人站在陪審席上看著我，我一直以為他已不在那裡，直到我無意間將目光轉向走廊時，才看見他向前彎著腰靠在一位非常端莊的夫人身上，好像無論法官是否回來，他都要確保自己為人所信服一樣。

突然，那位夫人大叫了一聲，暈了過去，隨後被人抬了出去。同樣的情況也發生在主持審判的那位令人尊敬的法官身上。當案件結束時，他整理了一下自己的衣服，並收拾好檔案……突然，被謀殺的人從法官門中走進來，走到法官席前，非常急切地看著法官手中的檔案。法官轉過身來，臉上的神情發生了變化，他的手停在空中，緊接著我非常熟悉的一陣顫抖流過他的全身，他結結巴巴地說：「請原諒，先生們，混濁的空氣讓我感覺不太舒服。」直到喝了一杯水後，他才恢復過來。

在單調的六天裡，同樣的法官坐在法官席上，同樣的謀殺犯關在被告席裡，同樣的律師坐在桌邊，同樣的問題和答案迴響在法院的屋樑間，同樣的人流湧進湧出，有自然光的時候，在同樣的時間燈就被關掉，下雨天落著一樣的劈哩啪啦的雨水，日復一日，獄吏和犯人在同樣的木屑上留下同樣的腳印——所有這些千篇一律的單調讓我感覺自己好像已經做了很長時間的陪審團主席，皮卡迪利大街在同樣的時間裡如巴比倫一樣閃耀，我能夠看到被謀殺的那個人每次的現身。

作為一個事實，我不能省略的是，當我叫著被謀殺人姓名的時候，我從未見過被謀殺的人看著那個殺人犯。我一次又一次地想：「他為什麼不去看他呢？」他從來都沒有那麼做過。

審判最後時刻來臨時，晚上差七分鐘到十點的時候，我們退席考慮。那個愚蠢的教會人員和那兩個優柔寡斷的寄生蟲給我們帶來了大麻煩，我們不得不兩次返回法庭，請求從反覆宣讀的法官記錄中摘錄部分內容。我們陪審團中的九個人對這些記錄毫不懷疑，我想法庭上的人也是這麼認為的。

這時，被謀殺的人站在陪審席的正對面。當我坐下時，他極為關注地看著我，看上去很滿意。當我給出陪審團認為「罪名成立」的裁決時，一切都不見了。

在執行死刑前，法官詢問謀殺犯是否還有什麼話要說，他模糊不清地嘀咕著什麼，而他所說的話出現在第二天的報紙上，那只是一些斷斷續續的話語，好像是在抱怨對他的審判不公平，因為陪審團的主席對他有所反感。

實際上，他所說的話是這樣的：「我的上帝呀，當那個陪審團主席走進來的時候，我就知道我是一個命運已定的人。上帝呀，我就知道他不會放過我的。因為，在我被捕之前，那天晚上他不知怎麼來到我的床邊，叫醒我，然後把一條繩索套在我的脖子上。」

09

布萊都德王子

威克住在巴斯的一家酒店裡。這天，他寫好日記後，小心地將日記本放在抽屜裡。突然，他看見抽屜中有幾張寫滿字的紙，上面密密麻麻，用圓體字寫的標題在最上頭，看上去似乎是關於巴斯城的傳說。威克頓時生了興趣，就著爐火看了起來。

大約兩百年前，這個城市的公共浴室上，曾經有一塊紀念偉大建立者布萊都德王子的石碑。現在碑文已經不見了。

關於這個浴室有兩個傳說。

第一個是，這個鼎鼎有名的王子從智慧之都雅典得到了知識的傳承，成為一個智者，回國的途中卻患上了麻瘋病。王子為了不傳染給他的父親，特意避開了皇宮，每天悶悶不樂地和豬做伴。據說，當時和他相伴的豬群裡有一隻聰明的豬，總是優於它的同伴。看著這只既有智慧又有風度的豬，他十分感歎，甚至和這只賢明的豬建立了深厚的友誼。

這只豬不同於它的同伴，即便是冬天也喜歡在濃厚的濕泥中洗澡。它的毛皮永遠那麼光澤，它的容貌永遠那樣光潔。王子決心試一試他朋友使用的水，於是也跳進濕泥中洗了個澡。原來，那些濕泥下面冒著巴斯的溫泉。王子洗完澡之後，發現自己的病痊癒了。他連忙趕回皇宮，向思念已久的父親請安。回來時，他就建立了這座城池和它最有名的浴池。而那只非同尋常的豬，卻在溫度太高的水中喪了命。

另一個傳說更為離奇。很久很久之前，有一位偉大的國王魯德・赫迪白拉斯。在不列顛的諸多國王中，他最威風凜凜。這位國王個子不高且很胖，走起路來大地都會顫動。國王有一個兒子，叫做布萊都德。王子從小就被送到一座初級神學學校念書。到了十歲，王子又在一個忠實的僕從陪伴下去雅典進修。在他進修結束後，國王派人把自己的兒子接了回來。

十八年後的王子變成了一個學識淵博、相貌堂堂的青年。國王想如果能看見自己的兒子結婚，那該是多麼美好的一件事，他的孫子一定能夠延續高貴的血統。於是，國王命令那些無所事事的貴族組成使團到鄰國去，尋找最漂亮的公主嫁給自己的兒子。國王還警告鄰國，如果哪個國家不照做就出兵攻打對方。鄰國的國王一聽到這樣的威脅，立刻說自己的女兒隨時都可以出嫁，只等著布萊都德王子將她帶到不列顛。

這樣的答覆傳到不列顛，舉國歡騰。人民為了慶祝這一好消息，紛紛飲酒設宴，向國家繳納稅金，期盼盛大的典禮。舉國狂歡中，只有一個人愁眉不展，憂慮不已，那就是婚禮的主人公布萊都德王子。

原來王子忘記了自己身上的重擔，早在希臘學習時就同當地一個美麗的姑娘私定終身。王子這時候不知道自己該怎麼辦，無助的他請求單獨見他的父親，並將這件事說了出來。

國王聽後勃然大怒，立刻命令把這個反抗自己的骨肉關在角樓裡，直到王子改變主意為止。在那個年代，國王們無所不管，在自己的子女反抗自己時，通常都是這樣做的。王子面對眼前的高牆，心裡思考著要如何逃出去。

大半年過去了，布萊都德王子終於找到了機會。他用餐刀刺傷了獄卒，逃了出去。得知王子逃脫的消息，國王怒不可遏。他根本不知道向誰發洩自己心中的怒火，突然想起了陪自己兒子去雅典的僕從，於是下令砍了僕從的頭。

布萊都德王子對這一切一無所知，他克服種種艱辛，只為能見那位美麗的希臘姑娘。不知道走了多久，一天，當他在一個村子休息的時候，王子看見村民們都手舞足蹈，滿心喜悅地飲酒尋歡。他鼓足勇氣拉過一個喝酒的村民詢問，才知道那位希臘姑娘已經嫁給了當地的一個貴族。村民說道：「太好了，布萊都德王子只能娶偉大的國王指定的鄰國公主了，聽說鄰國的公主長得異常美麗呢。我們偉大的國王實在是太明智了！國王萬歲！」說完，所有的村民都歡呼起來。

王子頓時難過極了，他逃離村子，鑽入了一座茂密的森林，就這樣，王子來到了巴斯。那時候還不存在巴斯這個城市，那裡只是一片荒地，遠處有綿延不絕的山丘，靜靜流淌的河流。王子望向遠處的崇山峻嶺，想到了自己遇到的種種坎坷和困苦。他頹然地坐在河岸邊，任由河水輕撫他的雙腳，淚水不斷地從眼眶裡流出。

他抬頭望向蒼天，合上手掌虔誠地祈禱：「萬能的主啊，結束我顛沛流離的命運吧！讓我的流浪在這裡結束吧！讓我因為悲傷流不盡的淚水像著河流一樣永遠平靜地流淌吧！讓我的淚水給那些和我一樣被愛情遺棄的人以力量和安慰吧！」

上天聽到了他的祈求，大地在王子的腳下裂開了。王子陷入了深淵，那裂口立刻合攏，只留下王子的熱淚變成滾滾流淌的泉水從地底湧出。巴斯這座城市也在這裡建成了。

直到現在，仍然有許多被伴侶拋棄的青年男女和渴求伴侶的青年男女，專程來到巴斯喝這泉水，感受泉水帶給他們的力量和慰藉。這就是布萊都德王子眼淚的功德，也是這一傳說的有力證明。

威客看完了紙上最後一個字，覺得自己似乎成了這個城市起源的見證人。他推開房間裡的窗戶，望著巴斯的全景，呼了一口氣。

10

格雷法學院逸事

匹克收到了一封來自法院的信件，上面說他的女僕告他毀棄婚約。他看了信連忙聯繫他可靠的律師潘卡，誰知潘卡律師出差去了巴黎。他在潘卡的指示下去酒吧找到了辦事員勞頓。兩個人談妥事情後，匹克應邀參加了當晚的聚會。

在聚會上，匹克提到了他之前的經歷，說：「我今天晚上到了一個大家都很熟悉的地方，但是我幾年沒去過了，也不是很熟悉，那就是格雷院。各位先生，在倫敦，格雷院這樣的地方可稱得上偏僻了！」（在倫敦有四個法學院，分別是內院、中院、林肯院和格雷院，匹克先生找潘卡先生時去的就是最後的那一個。）

他剛說完，一位先生便趴到他耳邊低語：「嘿，你可是選對話題了。我們這群人中有個叫傑克．本伯的，老傑克獨自住在法學院，都要發瘋了。他總是跟我們講法學院的事情。」匹克好奇地詢問勞頓哪位先生是老傑克。順著勞頓的目光，他看見一個樣貌奇怪的老頭，又矮又小，蜷坐在椅子上。老頭的臉上佈滿了皺紋，灰色的眼睛發出智慧的光芒。匹克暗暗想著這麼有特點的一張臉怎麼會被自己忽視。只見老頭面帶一絲怪異的獰笑，把下巴放在枯瘦的手上，頭歪到了一邊，掃視著四周，他的目光透著奸詐，不禁會讓人感到厭惡。

老傑克聽了匹克的話，頓時來了精神，坐直身子說道：「是誰在說法學院啊？」

「是我，先生。那真是個古怪的地方。」匹克答道。

老傑克順著聲音，瞥了匹克一眼：「哼，你知道些什麼？那些房子見證了多少離奇的人生啊！從前，一個個青年人將自己整日整夜地鎖在屋子裡對著古舊的書本。他們的神志在無趣的書本中消失得無影無蹤，他們的健康和青春也都奉獻給了那些書。就連清晨充滿朝氣的陽光，也不能帶給他們新鮮感。他們一個一個這樣辛勤努力，最後終於倒下了。後來，哼，新的人住進去就會接二連三地患上各種慢性病……這樣的事，你又知道多少？」

說到這，老傑克頓了頓，像是要刻意強調什麼，接著說道：「你看到多少可憐的辯護律師滿懷悲傷地被迫離開律師事務所，絕望地跳入泰晤士河或者帶著枷鎖走入監獄。這些你都不知道，只有你嘴裡古怪的房子能說得清。倘若賦予它生命，它能跳出來說上三天三夜。你說什麼——它們不過是古怪的地方。我告訴你，我寧可聽那些荒誕的虛構故事，也害怕聽到古老房間裡發生的真實事件。」說完，老傑克從興奮中恢復過來，瞪著匹克。

匹克面對這樣的指責和提問啞口無言，只是滿懷好奇地盯著老頭。宴會上其他人並沒有插話，只是淡淡地微笑傾聽。

老傑克休息了一會兒，接著說道：「哎，從另一個角度看，那些真實發生的歷史是這世上最平淡、最枯燥的事。你們都好好想想，這古怪的地方折磨了多少人！貧窮的人想當律師，為了這個目標放棄了健康、熱情，變得一無所有。就算這樣，這個職業也不會給他一點點希望之光。從滿懷希望的等待到失望和恐懼，越來越窮困，直到心中那唯一的一點想念也消失殆盡。最後，他們該怎麼辦？是一躍跳進冰冷的泰晤士河，還是沉溺在酒鄉中，哪怕在夢裡滿足自己的一點點奢望！」說完，老頭搓了搓手，心滿意足地用另一種方式教訓了匹克。

「我倒從來沒想到過這樣的事。」匹克笑著說。

「哼，就拿你們的大學來說吧！裡面盡是些浪漫離奇的事，並不是沒有，只是你們想不到罷了。」老頭不屑地回答。

老傑克思索了一會兒，接著說道：「以前，我也有個朋友像你一樣覺得法學院裡不過發生些稀疏平常的事情，沒什麼古怪的。最後，他也成了這屋子傳奇中的一個。有一天早上，我的朋友正打算外出，結果突然中風發作，直直地倒在地上死了。這麼過了一年半，沒一個人發現，所有的人都以為他到外地去了。」

「後來怎樣了？怎麼發現他屍體的？」匹克好奇地問。

「還能怎麼樣，由於他拖欠了將近兩年的房租，法學院院長決定撬開房門看一看，結果只見到一具積滿厚厚灰塵的骷髏，倒在地上，骷髏的身上還穿著藍色的上衣、黑色的短褲，腳上也套著拖鞋。這件事，也有點古怪吧！」老傑克的頭歪得更厲害了，又搓了搓手。

「除了這個，我還知道另一樁。那件事可要比這個離奇多了！」小老頭笑得肩膀一聳一聳的，環顧下四周，接著又說了一樁逸事。

大約二十年前，在克裡德福院的頂樓有一個房客。他因為掏不出房費，就吃了砒霜躲進臥室的壁櫥裡。帳房來收租的時候，一直沒看見人影。房子裡什麼也沒有，帳房就以為那人已經逃跑了。於是，帳房又貼了招租的資訊。另一個人來租房子，也沒發現什麼異常。新房客住了一段時間後，總覺著冥冥之中有人注視著自己的一舉一動，但仔細檢查一番卻沒有任何發現。為求心安，新房客搬到另一間臥室睡覺，將原來的那間屋子作起居室。奇怪的是，新房客在起居室看書的時候，還是覺著有人在背後盯著他。

一天晚上，新房客看戲歸來，一邊喝著酒一邊納悶，為什麼自己老是有種屋子裡有個人一直盯著他的錯覺。

新房客點燃蠟燭，滿屋子地仔細搜索。他倚著牆壁，目光一下子集中到那個沒動過的小壁櫥上，不由得渾身發抖，恐怖的陰雲罩在他頭上。新房客鼓足勇氣，三兩下砸壞了壁櫥的門鎖。門開了，一個人筆直地站在角落，面色紫青，臉上還掛著恐怖的獰笑，手裡緊緊地握著一個小瓶子——那正是之前的房客。新房客嚇得不知所措，癱坐在地上。

說完這個故事，老傑克看著那些被他說的故事嚇得變了臉色的傢伙們，得意地笑了笑。

「先生，看來您知道很多可怕的事情。」匹克拿起放在衣襟裡的眼鏡，仔細觀察老傑克的面孔。

「可怕？這些故事可怕嗎？你覺著它可怕是因為你完全不瞭解，這樣的故事多麼有趣啊！」老傑克說道。

聽到這樣的回答，匹克激動地喊道：「什麼？有趣？你沒搞錯吧！」

貌似被匹克的音量冒犯到，老傑克惡狠狠地瞪了他一眼，「是呀！多有趣，難道不是嗎？」

未等到別人插話，老頭自顧自地又說起故事來。

大約四十年前，有個人在那些最古老的學院裡，租了一間破舊的屋子。那個房間已經很久沒人居住了，潮濕又昏暗，住起來絕對不舒服。不過價格低廉，傢俱齊全，所以這個人就租了這間便宜屋子，連帶著買下了屋子裡已經腐朽了的一些裝置。當他來到屋子裡，不禁感歎，這屋子絕對比他想像的壞上千倍。

他想，既來之則安之，於是就搬了進來。屋子裡的傢俱，最沒用的就是那個看起來年代久遠的木頭櫃子。櫃子上安著玻璃門，還用綠色的簾子擋著。對於這個貧困潦倒的人來說，木頭櫃子簡直就是個奢侈的裝飾。隨後，他把帶來的行李分放到屋子的各個位置。

夜裡，他疲倦地坐在火爐前，喝著賒來的威士忌，一邊感慨著不知何年何月才能還完欠帳，一邊在屋子裡掃視。

他的目光碰到了那個無用的木櫃，對著它說：「嘿，老傢伙！雖然我迫不得已按照舊貨的價格買了你，可是你說說我能用你來做什麼？要是沒買，我還能多喝一杯威士忌呢！現在呢，我連喝杯酒都要賒帳，真不如劈了你烤火，也許這樣最合算！」這位新房客剛說完，就聽見屋子裡傳來微弱的呻吟聲。他開始並沒在意，以為不過是鄰居出去吃飯什麼的。他懶洋洋地拿起撥火棒，弄了弄爐火，又坐回椅子上。

這時，呻吟聲又出現了，櫃子的一扇玻璃門自己緩緩地打開了。玻璃門上顯現出一個衣著襤褸、面色慘白的人影，那影子就直挺挺地立在玻璃上。不難看出，那是個高瘦的人——面目猙獰，渾身上下透露著地獄的氣息。

新房客嚇得拿起撥火棒在空中不停地揮舞，聲音顫抖地問：「你，你是誰？」

「把棍子拿開！」人影低沉地回答道。

新房客並沒有照做，而是舉起撥火棒，正對著人影的頭部，試圖戳過去。

「哼，如果你想戳就瞄準些，可別碰到我身後的木頭櫃子。」

「你到底是誰？快說！」房客移開了撥火棒，不過他全身緊繃，擺出防衛的姿態。

「我是一個鬼。」

「鬼？那，那你在這裡幹什麼？在……在這個房間。」房客顫巍巍地回答。

「我從前在這裡工作，辛辛苦苦地工作了大半輩子，最後卻和我的孩子一起變成了乞丐。這個櫃子裡堆著一摞一摞的檔案，就在這個房間裡，我絕望悲傷地死掉了。然而兩個壞蛋瓜分了我用命換來的每一分錢，居然一點都沒留給我的子孫。自從我把他們嚇跑，夜晚的時候我就能回到人間，回到這個受盡罪的地方。這是我的房間，應該留給我……」那個鬼還在那裡絮絮叨叨地嘟囔著。

房客忽然生出了勇氣，插話道：「尊敬的先生，如果您堅持要在這裡出現的話，我很高興放棄這裡。畢竟，這個屋子並不是很好。不過，我有一個問題，不知道能不能請教您？」

「你說，什麼問題？」

「其實，這話並不是單單對您說的，我覺得對於大部分的鬼魂都適用。空間對於你們來說根本不是問題，為什麼你們不去世界上最好的地方呢？你們老是待在生前不幸的地方，這在我看來有些矛盾。」

那個鬼聽了這話，歪著頭說：「天啊，我怎麼從來沒想到過這樣的問題呢？」

房客接著說：「這個房間不是很舒服，傢俱快散開了。我猜過不了多久就會生臭蟲。更何況，倫敦的氣候一向是有名的糟糕，我相信您一定能夠找到更舒服的地方。」

「你說得很對，這位睿智的先生。以前，我怎麼從來沒想到呢？我馬上就換個地方。」房客突然想起什麼，在鬼影身後追著喊：「如果可以，請您將這話告訴屋子裡其他先生和女士們。」

「我會的，我們真笨，怎麼從來都沒想到呢！」說完鬼就完全消失了。

故事說完，老傑克再次留意了一下周圍人的表情，補充道：「神奇的是，那個鬼影真的再也沒出現過。」一個衣服上綴著彩色扣子的先生聽到這裡，忍不住說了一句：「如果是真的，那倒是好事！」說完又點燃了一支雪茄。

「傑克先生，聽說您還知道那個古怪委託人的故事，您能不能給我們講一講？」匹克說道。就連唯一聽過這故事的勞頓也連聲附和。

「好吧，既然大家都要聽，那我就勉為其難再講一遍。」老傑克得意地看著周圍被激起好奇心的人們。

我也記不清楚自己是什麼時候在哪裡聽說的這件事。這中間發生的事情有些是我親眼所見，其餘的不過是聽說，但是我保證瞭解這事的人尚在人世。另外，在講述這件事情的時候，我從親身經歷的事情說起，這樣事情的順序不免有些顛倒，請你們見諒。

那時候，倫敦波洛區大街上聖喬治教堂的附近，有一所叫做馬夏爾席的負債人監獄，這裡的人差不多都知道這所監獄。雖然它跟從前的那種骯髒污穢的監獄大不相同了，可是改良之後的它也沒好到哪裡去。

在倫敦所有的地方中，我最無法忍受的就是這裡。不知道這跟我的愛好是否有關，或者是因為我總擺脫不了跟這裡有聯繫的那些往事，總之，我很討厭那所監獄。波洛區的主要街道十分寬敞，沿街的店鋪也高大亮麗，過往的車輛和人群川流不息，從早到晚，一直熙熙攘攘的。不過，由大街延伸的小巷陰暗狹窄，就像是流著膿水的傷疤一樣，一切齷齪淫亂的事情都發生在那裡，這讓小街小巷蒙上一層病態陰鬱的色彩。

所有的這一切就像是一幅畫，展現在每一個進入馬夏爾席監獄的人。第一次進來的人，可能覺得這裡的日子很輕鬆。但是當進來的人遭受到第一個沉痛的打擊後，他們就會頹廢不堪。這裡沒有一個人能通過作為一個朋友的考驗。他風光無限時，許多酒肉朋友信誓旦旦地保證為他賣命；當他身陷囹圄時，那些人早就不見了蹤影。我要說的就是在這監獄待過的人的故事。他滿懷希望地等待有人伸出援助之手，不管承受怎樣的打擊，都沒有放棄希望，就算身處沮喪之中，也沒有絲毫的動搖。這個負債者臉上浮現著希望之光，儘管由於饑餓變得骨瘦如柴，但他依然期盼著。

那是二十多年前，每天清晨你都會看到一個年輕的母親領著一個小孩出現在監獄門口。他們總是焦慮不安地在那裡待上一個鐘頭，然後來到古老的橋上。年輕的媽媽溫柔地抱著孩子，讓他去看那閃耀著光芒、流淌著的水，試圖引起孩子的興趣。不過很快那位母親就放棄了，把孩子放在地上。她用圍巾擋著臉，任由淚水悄悄地流淌。年輕的母親看著沒有表情的孩子，靜靜地坐著。在孩子的眼裡，每天都是一樣的，沒有哪一天能夠逃離他父母的貧窮和不幸。

他坐在母親的膝頭，偷偷觀察著媽媽的熱淚，然後找個角落嗚咽著入睡。雖然他還是個孩子，但殘酷的事實早已磨去了他的童心。饑寒交迫的孩子從來沒有歡樂地笑過，就連本該散發著好奇的眼睛，也一直灰濛濛的。他的父母也意識到了這一點，不過有苦難言。年輕的父親失去自由被拘禁在監獄裡，同時，身體也漸漸變得消瘦，一點點失去健康。嬌小瘦弱的母親飽受著精神和肉體的雙重打擊。看著她的孩子，心一點點地破碎。就這樣，寒冷的冬季來臨了。

凜冽的寒風中，可憐的少婦搬到了距離她丈夫坐牢的地方很近的一間小屋子。雖然她越來越窮，但是能和丈夫靠近一些讓她感到比從前快樂多了。接連兩個多月，她和她的孩子每天照常來監獄等門。

突然有一天，母子倆沒有出現。又過了一天，她獨自一人來了。任何人看見這個失去孩子的母親，都意識到死亡離她不遠了。他們夫婦的朋友們再也沒有誰懷疑他們的悲傷了。他們留下了一間房子，供喬治夫婦二人度過最後的日子。那個年輕的母親，沒有希望地慢慢衰老下去。

一天深夜，死神來到他們的家門，年輕的母親昏倒在她丈夫的懷裡，慘白的月光照著她的臉龐。她的丈夫嚇得腿腳發軟，無力地抱著將死的妻子，企圖喚醒她。

「放我下來，喬治！」甦醒過來的妻子有氣無力地說。那個叫喬治的男子聽從了夫人的吩咐，坐在她的身邊，掩面哭泣。「我知道你很傷心，我也不忍心離開你，可這是上帝的旨意。如果你愛我，就接受這樣的事實吧！你不要怨天尤人，你要感謝上帝，它先接走了我們的孩子，讓他不用在塵世受苦，又接我去和他做伴，讓他不至於孤單一人。」妻子溫柔地看著哭泣的丈夫，說道。

「不，你不能死，瑪麗！你不要丟下我一個人，振作起來，不要離開我，我的愛人。我愛你，請你振作，你一定要活下去，不要離開我！」喬治哀號著，跳起來握緊拳頭捶打自己的胸膛，很快又坐了下來，抱起可憐的瑪麗。

「再……再也不會了，喬治。答應我，一定要答應我，把我埋在兒子旁邊，讓我跟他做伴。如果有一天，你能夠賺到很多錢，不要忘記我們母子，把我們移到鄉村墓地裡，讓我們安息。親愛的喬治，你一定要答應我。」

喬治激動地跪在地上，搖晃著他的妻子說：「我答應，我什麼都答應。求求你不要離開我，你再看看我！再說一遍愛我！」

瑪麗的手重重地滑落到地上，喬治懷裡的軀體也漸漸變得沉重僵硬。瑪麗就這樣離他而去。

喬治住了嘴，深深地歎氣。他不再哀求，整個人靜止在那裡。突然他的嘴角浮現出一絲微笑，笑容就僵在那裡。他終於孑然一身了。

他跪在妻子的屍體前發誓：「萬能的主，請您為我見證，從今往後的每一天，我都為了復仇而活。」

他的臉上寫滿了絕望和決絕，他的朋友們看到他就像是看到了地獄的使者。他幾乎精神崩潰，臉色慘白，眼睛裡滿是血絲。他的身體佝僂了，由於太過悲痛，咬穿了自己的嘴唇。一夜之間，他像是換了一個人。

「必須把他妻子的屍體移走！」他在悲痛中冷靜地接受了這樣的通知。移走屍體的那天，監獄裡所有的人都聚集起來。他一個人靜靜地穿過人群，一步一步，沉重地走在前面，人們扛起棺槨跟在後面。聚集的人群像被奪去了聲音，靜靜地站在那裡。喬治停在了監獄的門口，茫然地看著妻子的木棺被人抬出了大門，昏倒在地上。

在那之後，喬治昏迷了幾個星期。他一直高燒不退，卻從沒忘記自己許下的誓言和喪妻之痛。

在夢中，他一個人在無邊無際的海上漂泊。天空是血紅色的，他放眼望去只能看見驚濤駭浪洶湧而來。在他面前，一艘船在巨浪中掙扎，所有人被汪洋大海吞沒，他看到一個老頭冒出了水面，高聲呼救。一看到那人的相貌，他就躍進海中，死死地抓住老人，將對方溺在水中，直到老人放棄掙扎，他才放手。他實現了他的誓言，殺死了仇人。

在另一個夢中，他看到自己走在荒無人煙的沙漠中，狂風大作，沙子形成的巨龍呼嘯而來，腳邊隨處可見人的骸骨，他發瘋似的向前衝去，感受到一絲絲涼意。他看到了水，便急匆匆地撲了過去，倒在地上。一個白髮蒼蒼的老人晃晃悠悠地走了過來，他抬頭一看，是那個人，是那個罪魁禍首！他拼盡所有力氣，拖著老人後退，雙手緊緊地扼住老人的咽喉，直到對方咽下了最後一口氣。他站起身，一腳踢開身邊的屍體……

他終於清醒過來，發現自己已經恢復了自由而且變得富有。他的父親，那個寧願把錢送給乞丐也不留給他的人壽終正寢了。想來，此時此刻，他的父親正在另一個世界懊惱，死前沒有留下遺囑。他清醒後，仔細思考了自己以後活著的目的。那個害他坐牢的人，那個害死他妻兒的人，就是他妻子的親生父親。

是的，那個罪魁禍首就是瑪麗的親生父親。那個冷血的惡魔，不顧自己女兒和孫子的苦苦哀求，一腳將她們踢出了大門。他恨不得立刻起身報仇，但是虛弱的身體阻撓了他的復仇計畫。

他為了養精蓄銳，搬到了海邊一個清靜的地方。在那裡，他思考著至關重要的復仇計畫。結果，上天給他送來了第一次復仇的機會。

夏天的一個黃昏，他從住所出發，和平常一樣沿著礁石邊的窄道漫步。他停下來，坐在平常休息的老地方，看著天空中飛翔的海鷗和緩慢墜入海中的夕陽。沉靜突然被一聲聲焦急的呼喚打破了，他聽到那熟悉的聲音，以為是自己太過沉迷於復仇而出現的幻覺。誰知道，呼救聲並沒有消失，還一聲比一聲響亮。他站了起來，沿著聲音傳來的方向疾奔。沙灘上散落著淩亂的衣服，遠處的海水中有一個人在起伏掙扎。一位老人在大聲疾呼，奔跑著四處求助。喬治虛弱的病軀在那一刻，充滿了力量。他向海邊奔去，脫掉衣服，準備躍入海中去救那個溺水的人。

「先生，救救他！快救救他，看在上帝的分上，那是我唯一的兒子啊！」老人發狂似的大喊，好像他的呼喊聲能加快喬治的步伐一樣。「先生，救命！那是我唯一的孩子啊，他就要死在他父親的面前了！」

喬治認清了呼喊著的老人的面容，他站住了，雙手交叉疊在胸前，一動不動地站在那裡。「哦，上帝，偉大的上帝！你……你是喬治！」老人看到站在那的人，害怕地後退。

喬治笑了一下，像個石像一樣定在那裡，一聲也不出。

「喬治！我的孩子，喬治！求求你，救救他！喬治！」老人大口大口地喘著氣，焦急地望向溺水人的方向。

喬治不為所動，依然定定地站在那裡。

老人跪在地上，尖聲哀求：「我求求你救救他，以前是我對不起你，你要報復就奪走我的一切，我的生命。如果我能抑制住求生的本能，我會一動不動地任你打死我。不過求求您，救救我的孩子吧！他還那樣年輕！他不能就這樣死掉，求求你，救救他！」

喬治上前，狠狠地抓住了老人的手腕：「你給我聽著，血債血償。我的兒子就在他的父親面前死去了，比起海裡掙扎的那個小畜生，我的兒子要慘得多。當初，你的女兒在你面前苦苦哀求的時候，你怎麼沒想到救救她！活該，報應！老天爺，終於報應在你身上了。當時你是怎樣嘲笑我們的痛苦的，看看吧！睜大眼睛好好看著，看著死神是怎樣奪走你兒子的生命的！」喬治一邊說，一邊指著海。海面上掙扎的人，就這樣消失了，連一點漣漪都沒有，平靜得好像剛剛的一切都是幻覺。

三年後，一個紳士出現在倫敦的一家律師事務所門口。他說有要緊事找律師密談。那個律師以擅長處理刁鑽古怪的業務而聞名。這位紳士看上去年齡不大，不過看上去身體不好。紳士等來了他要找的人，說道：「我想請你幫個忙，幫我處理一些法律上的事。」

律師聽到這話，客套地鞠躬，眼睛瞥了下紳士手中的包裹。

紳士注意到了律師的目光，將包裹在手上掂了掂，說：「這可不是件容易的差事，單單說這些檔案，就花費了我很多的時間和金錢才搞到手。」

律師聽到這話，更是焦急地看了過去。他的客人解開包裹上的繩子，拿出一份份契約、期票和文件。

「我想你能看出來，這些檔案上寫著的那個人，憑藉這些東西借了很大一筆錢。最近他倒了大楣，受了很多損失，倘使這筆欠帳再壓下去，估計他會垮臺。我的目的很簡單，就是要看他垮臺！」

律師簡單地看了看那些檔，「這可是好大的一筆錢，總數有好幾千英鎊呢！」

「是啊。」

「你打算怎麼辦？」律師問道。

「怎麼辦？你說怎麼辦？動用你的一切智慧，設計策劃所有能執行的陰謀，動用一切正當或不正當的手段，用上所有你能想到的伎倆，毀掉他，讓他淪為乞丐。不，比乞丐還要悲慘！把他從家裡趕出去，送進牢裡，讓他緩慢地受著折磨直到死亡。」

律師掏出手絹，擦了擦額上冒出的細密冷汗：「先生，那這一切的費用呢？誰來支付這筆費用？」

那位紳士興奮地掏出支票簿，激動地握著筆：「說吧，隨便多少都可以，只要你能達到我的目的，我不會嫌錢多的！」

律師估算了所有可能的費用後，冒失地說出了一個大數目。與其說他是按照主顧的要求這麼做，倒不如說，他想試探一下這位紳士究竟有多富有。那位紳士留下一張支票和文件，拂袖而去。

第二天，律師兌現了支票。他知道他的主顧是可靠的之後，就開始忠心耿耿地為他做事。那之後的兩年，喬治．梅林先生時常待在事務所裡，坐在桌子前思考積累得越來越多的檔案。看著當初害得自己家破人亡的人慢慢破產，看著那個老人慢慢地失去所有的東西，土地、房子、傢俱甚至衣服，每一樣都憑藉著法律的強制執行奪了過來，最後那個狡猾的老頭逃脫員警的耳目，不知跑到了哪裡。

喬治的仇恨並沒有因為復仇成功有所消滅，而是越來越重，尤其是得知那個冷血的傢伙逃跑的時候。他咬牙切齒地咒罵那些沒能拘捕到老頭的人，派了許多密探四面八方地搜查老頭的藏身之地。

就這樣，半年過去了。一個深夜，喬治出現在律師的私人住宅門口，迫不及待地要見律師。還沒得到允許，他就衝上了樓，衝進了律師家的客廳。他關上門，呼吸艱難地倒在坐椅上，低聲說道：「別聲張，我找到他了，我終於找到他了。」

「真的嗎？太棒了，先生！」律師忍不住要拍手稱快，「他藏在哪裡？」

「他一個人躲在很特別的一個貧困的地方，我們一直沒找到他，也許是件好事。他一直孤零零的一個人，日子過得很苦。」

「那麼，您明天就去逮捕他吧！」

「是的，」喬治回答道，緊接著他好像想起了什麼，「不，且慢，我們後天再去。後天是他的一個紀念日，後天比較好。」

律師說：「全聽您的，先生。不過，您是不是要通知警官？」

「不用，讓他們明天晚上八點到這裡等我，我親自帶他們去找。」喬治回答道。

約定的時間很快就到了，喬治和員警會合，乘坐提前雇好的馬車，急匆匆地奔向教區貧民收容所。

等他們到達目的地的時候，天色已經很晚了。他們走進一條小街，來到一個荒涼的地方。喬治先生用披風裹住身體，拉下帽子遮住自己的半邊臉。

他站在一幢破舊的屋子前面，輕輕地叩了叩門環。一個女人從屋子裡走了出來，行了一個標準的屈膝禮。喬治先生輕聲喚來員警，讓他們候在樓下，自己躡手躡腳地爬上樓。

那個和喬治有深仇大恨的人已經老態龍鍾。他住在這間簡陋的屋子裡，此時此刻，一個人坐在點了一支蠟燭的桌邊沉思著。喬治推門進來的聲音，嚇了他一跳。

老人慢慢地轉身，看到喬治，嚇得跌坐在椅子上。

「你又來做什麼？」老頭驚恐地問道。

喬治摘下帽子，也坐了下來，說道：「我不來幹什麼，只是來跟你說說話。六年前的今天，我跪在我妻子也就是你女兒的屍體前，立下誓言：今生今世，我活著的唯一目的就是復仇。無論遇到怎樣的困難和阻礙，我都沒有動搖。

只要一想到逝去的妻兒，我就渾身充滿力量，如今，這是我最後一個復仇的行動。」

老人聽到這裡，癱坐在椅子上，目光中充滿恐懼和憎惡，瞪著眼前已經面目扭曲的惡魔。

「明天，所有的復仇都結束了，我就要解脫了。我走之前，要把你扔到這世上最可怕的地獄中，讓你品嘗你種下的惡果。」說完，喬治看了看老人，轉身叫員警上來。

下樓的時候，喬治遇到了之前來開門的女子，他說：「我想他快死了！」眾人衝上樓，跑進房間，只見老人伏倒在桌子上斷了氣。

自從那夜起，律師再也沒見過那位一擲千金的古怪當事人。

老傑克講完了這個故事，就起身離開了。匹克跟在老傑克的身後，默默地付了帳，也離開了酒店。

謎 06

文學鬼才：狄更斯 II

作者 查爾斯·狄更斯
出版者 大拓文化事業有限公司
編譯 陳語軒
封面設計 林鈺恆
內文排版 姚恩涵

總經銷 永續圖書有限公司
劃撥帳號 18669219
地址 22103 新北市汐止區大同路三段一九十四號九樓之一
TEL （〇二）八六四七—三六六三
FAX （〇二）八六四七—三六六〇
E-mail yungjiuh@ms45.hinet.net
網址 www.foreverbooks.com.tw

CVS代理 美璟文化有限公司
TEL （〇二）二七二三—九九六八
FAX （〇二）二七二三—九六六八

法律顧問 方圓法律事務所 涂成樞律師

出版日◇二〇一八年十一月

國家圖書館出版品預行編目資料

文學鬼才：狄更斯. II / 查爾斯.狄更斯著；
陳語軒編譯. -- 初版. -- 新北市：大拓文化, 民107.11
面；　公分. --（謎；6)
ISBN 978-986-411-082-7(平裝)

873.57　　107015761

TALENT TOOL

大大的享受拓展視野的好選擇

大拓 Talent TooL

永續圖書線上購物網
www.foreverbooks.com.tw

謝謝您購買 文學鬼才：狄更斯 II 這本書！

即日起，詳細填寫本卡各欄，對折免貼郵票寄回，我們每月將抽出一百名回函讀者寄出精美禮物，並享有生日當月購書優惠！

想知道更多更即時的消息，歡迎加入"永續圖書粉絲團"

您也可以利用以下傳真或是掃描圖檔寄回本公司信箱，謝謝。

傳真電話：（02）8647-3660　　信箱：yungjiuh@ms45.hinet.net

☺ 姓名：＿＿＿＿＿＿　□男　□女　□單身　□已婚

☺ 生日：＿＿＿＿＿＿　□非會員　□已是會員

☺ E-Mail：＿＿＿＿＿＿　電話：（　）＿＿＿＿

☺ 地址：＿＿＿＿＿＿＿＿＿＿＿＿

☺ 學歷：□高中及以下　□專科或大學　□研究所以上　□其他＿＿＿

☺ 職業：□學生　□資訊　□製造　□行銷　□服務　□金融

□傳播　□公教　□軍警　□自由　□家管　□其他＿＿＿

☺ 您購買此書的原因：□書名　□作者　□內容　□封面　□其他＿＿＿

☺ 您購買此書地點：＿＿＿＿＿＿　金額：＿＿＿＿

☺ 建議改進：□內容　□封面　□版面設計　□其他＿＿＿

您的建議：＿＿＿＿＿＿＿＿＿＿＿＿

廣 告 回 信
基隆郵局登記證
基隆廣字第 57 號

新北市汐止區大同路三段一九四號九樓之一

大拓文化事業有限公司收

請沿此虛線對折免貼郵票，以膠帶黏貼後寄回，謝謝！

想知道大拓文化的文字有何種魔力嗎？

- 請至鄰近各大書店洽詢選購。
- 永續圖書網，24小時訂購服務
  www. foreverbooks. com. tw
  免費加入會員，享有優惠折扣
- 郵政劃撥訂購：
  服務專線：(02)8647-3663
  郵政劃撥帳號：18669219